LUCES DE BOHEMIA

ESPERPENTO

LITERATURA

ESPASA CALPE

RAMÓN DEL VALLE-INCLÁN

LUCES DE BOHEMIA

ESPERPENTO

Edición
Alonso Zamora Vicente

COLECCIÓN AUSTRAL

ESPASA CALPE

Primera edición: 6-X-1961

Trigésima quinta edición: 15-XI-1996

© *Carlos del Valle-Inclán, 1924*

© *De esta edición: Espasa Calpe, S. A., Madrid, 1961, 1987*

—

Maqueta de cubierta: Enric Satué

—

Depósito legal: M. 37.428—1996

ISBN 84—239—1801—7

Esta edición sigue el texto de la última corregida por el autor,
Imprenta Cervantina, Madrid, 1924

Impreso en España/Printed in Spain

Impresión: UNIGRAF, S. L.

Editorial Espasa Calpe, S. A.

Carretera de Irún, km 12,200. 28049 Madrid

ÍNDICE

LUCES DE BOHEMIA
ESPERPENTO

INTRODUCCIÓN

I

VIDA Y OBRA DE VALLE-INCLÁN

Ramón M.ª del Valle-Inclán nació en Villanueva de Arosa (Pontevedra) el 28 de octubre de 1866, en el seno de una familia de cierto abolengo, tanto de sangre como intelectual. Hizo sus primeros estudios en Pontevedra y Santiago. En la Universidad compostelana se matriculó en la Facultad de Derecho, entre 1886-1889, pero sus estudios no se caracterizaron ni por la utilidad ni por el brillo. En este aspecto es Valle-Inclán, como todos los integrantes de su generación, un autodidacta, una persona que se ha ido haciendo al pasar de los días a fuerza de lecturas diversas y de enamorada visión de su mundo circundante. En este período se irá conformando su aguda sensibilidad literaria. Tras la muerte de su padre y con algún fracaso de estudiante a cuestas, en 1890 se traslada a Madrid.

Recién llegado de una Compostela arcaizante en la que privaban las formas de vida isabelina, con sus reuniones de regusto romántico, repletas de formulismos e inhibiciones, se encuentra con el Madrid desenvuelto del género chico, arrastrado a una enorme y tumultuosa burla de todo, enzarzado en un sentimentalismo que recordaba, grotescamente, al del teatro clásico: amor, celos, honra, sátira... Es, en fin de cuentas, la gran mentira que disimulaba la decrepitud de unas formas político-sociales que iban derechas a su consunción. Valle comienza por publicar cuentecillos, artículos de crítica, etc. Estos breves asomos literarios se repiten en periódicos de México, adonde marcha en 1892 y de donde regresa a España en 1893. En las actividades literarias mexicanas se fija su nombre literario de Valle-Inclán. Pero esos meses mexicanos le valieron sobre todo literariamente para asimilar el modernismo en su integridad. Ya en España aparece en 1895 su primer libro: *Femeninas (Seis historias amorosas).* En varias de ellas, que reflejan amplias lecturas de literatura francesa contemporánea, está el esbozo de lo que serán más tarde algunas de sus novelas más famosas; así, por ejemplo, *La Niña Chole* anuncia la *Sonata de Estío.*

En 1896-97 se decide Valle-Inclán a la conquista de un Madrid turbamulta de nombres e ilusiones, de bohemia y de buen sentido. Son años de amenaza de un siglo nuevo con signos muy diversos, en los que tantas fantasías se han quedado perdidas en las inacabables tertulias de los cafés. Gente joven que lucha por la fama, por la gloria literaria, y en la que quizá se ve un solo armónico: la rebeldía, el desacuerdo contra la anterior generación, la realista. En una de esas tertulias, esgrima de palabras y agudezas fácilmente injuriosas, tiene lugar el desgraciado lance con Manuel Bueno en el que Valle-Inclán resulta herido: un bastonazo choca con el brazo levantado en defensa y hunde en la carne el gemelo de la camisa. Resultado: una infección mal curada y la amputación del brazo izquierdo.

Pero su vida literaria continúa. Hasta 1902, fecha de *Sonata de Otoño,* publica Valle cuentos, artículos, hace traducciones... A partir de esa fecha crece constantemente su obra: *Sonata de Estío* (1903), *Sonata de Primavera* (1904), *Sonata de Invierno* (1905). Entre tales títulos han ido saliendo otros: *Jardín Umbrío,* reunión de diversas narraciones, y *Corte de Amor. Florilegio de honestas y nobles damas* (1903). De 1904 es la publicación de *Flor de Santidad. Historia milenaria,* que presenta un mundo milagrero y devoto, lleno de primitivismo poético, donde se mezclan las leyendas piadosas y un realismo descarnado. Toda esta producción inicial ha hecho de Valle-Inclán el máximo exponente del modernismo en prosa de la literatura española. Son estos unos años en los que se respira por todas partes una renovación, una explosión creadora de ámbitos insospechados. Una gran variedad de personalidades literarias coincide en Madrid en persecución de la gloria literaria: entre ellos, la obra de Valle-Inclán presenta unos perfiles muy definidos. Una voluntad de estilo artístico, una permanente exhibición de belleza porque sí, que contrasta vivamente con la literatura anterior, la realista, fotográfica y gris. Las *Sonatas* nos ofrecen una visión artística de la existencia, cargada de erudición, de peso romántico, de lujo y aristocracia mezclados con un satanismo decadente: son el reflejo de un tiempo y de una estética literaria.

Tras su matrimonio con la actriz Josefina Blanco, su producción se continúa con la serie de las *Comedias Bárbaras: Águila de Blasón* (1907), *Romance de Lobos* (1908) y *Cara de Plata* que aparecerá años más tarde, en 1922. Comienza ya a plantearse el problema de un teatro social, que acabará por ser la meta del esperpento. Asoma aquí el pueblo, no la plebe, es decir, la conciencia de todos, el vasallo y el señor, el clérigo y el seglar, envueltos todos en torrencial tumulto de pasiones. De 1907 es además *Aromas de Leyenda. Versos en loor de un santo ermitaño.* En 1908 comienza la publicación de *La Guerra Carlista,* con *Los Cruzados de la Causa,* seguido en 1909 por *El Resplandor de la Hoguera* y *Gerifaltes de Antaño.* La contribución de Valle al tema de las crueles guerras civiles del siglo XIX es excepcional. En ellas percibe no sólo las disputas dinásticas, sino por debajo de ellas, el derrumbamiento de una aristocracia rural y el auge de una nueva casta social repentinamente enriquecida por la desamortización o inficionada de liberalismo.

En la obra teatral perdura todavía el regusto modernista en *La Cabeza del Dragón* (1910), *Cuento de Abril* y *Voces de Gesta, Tragedia pastoril* (1911). Pero en 1913 *La Marquesa Rosalinda* transparenta algunas formas burlescas que hacen presagiar un cambio de orientación. Tras ocupar un año una cátedra de Estética en la Escuela de Bellas Artes, de Madrid, e intentar convertirse, fugazmente, en agricultor, en 1916 publica lo que va a ser un interesante documento de su visión estética, *La Lámpara Maravillosa.* Es el año en que visita el frente francés y esboza su propia visión de la Gran Guerra en *La Media Noche. Visión estelar de un momento de la guerra* (1917). Con los años, el arte de Valle-Inclán ha ido acentuando sus perfiles grotescos, subrayando la broma o las situaciones ridículas. En los versos de *La Pipa de Kif* (1919) domina ya el clima de sarcasmo, de burla... Así llegamos a 1920, año decisivo en nuestro autor. De entonces datan *La Enamorada del Rey, Farsa y Licencia de la Reina Castiza, Divinas Palabras* y LUCES DE BOHEMIA, primer esperpento. Un hilo soterraño anuda estas producciones: un raudal del declarado escarnio, de preocupación por la realidad político-social, a la vez que un desgarramiento en el trato de personajes y del idioma. Paso a paso crece en hondura y rigor expresivo la obra de Valle-Inclán, en busca de nuevos horizontes que en esencia son los mismos de siempre, a los que va dotando de complicada intencionalidad y de verdad estremecida e inesquivable. Si *Divinas Palabras* supuso el éxito entre el público entendido que vio en la obra la regeneración del teatro nacional, LUCES DE BOHEMIA apuntará hacia el pueblo como héroe colectivo.

Bajo el título de *Martes de Carnaval* (1930) recogió Valle tres esperpentos: *Los Cuernos de Don Friolera* (1925), *Las Galas del Difunto* (1926) y *La Hija del Capitán* (1927). Toda su obra subsiguiente está seriamente vestida de esperpentismo. Surge por todas partes un proceso de mueca desengañada y amarga, de estilización de personajes y temas, a vueltas con la queja social y política. En 1926 aparece su novela *Tirano Banderas*. En ella condensa la atmósfera de una dictadura en un imaginario país sudamericano, irreconocible en el mapa, pero palpitante en su hondura y en su desalentada verdad. Destaca la valiosa y atrevida amalgama de elementos lingüísticos de todo tipo, con predominio de giros y léxico del español americano. Animalizaciones, situaciones exageradas, deformación sistemática de personas y cosas constituyen la mirada deformante con que la realidad cotidiana se refleja en la novela, en perfiles inquietantes.

Estos mismos rasgos se contraen a la geografía española en las novelas de *El Ruedo Ibérico: La Corte de los Milagros* (1927), *Viva mi Dueño* (1928) y *Baza de Espadas. Vísperas Septembrinas* (de 1932, apareció en libro en 1958). Valle recala en las postrimerías del reinado de Isabel II, en una corte repleta de trampas, ineficacia política y falsa moral inoperante. La realidad española aparece doliente y maltratada, cabeceando de ruina en ruina, entre asonadas de violencia o degradación brutales.

La instauración de la Segunda República en 1931 trajo a Valle, persona embarcada en el desprestigio de la dinastía, fugaces honores y auténticos disgustos. Una corta temporada en Roma como director en la Escuela Española de Bellas Artes precedió a su vuelta, ya muy enfermo, en 1935, a un sanatorio en Santiago de Compostela. La noche de Reyes de 1936 le vio ya cadáver.

II

LUCES DE BOHEMIA

Un nuevo mirar la vida desde la literatura:
 el esperpento

Primer esperpento de don Ramón del Valle-Inclán, LUCES DE BOHEMIA apareció por primera vez en la revista *España* en 1920 (del 31 de julio al 23 de octubre). En libro, con muy significativas variantes, en 1924. Con esta obra nace para la vida literaria un nuevo término retórico: esperpento. Una voz traída del hablar popular, que designa lo feo, lo ridículo, lo llamativo por escaparse de la norma hacia lo grotesco o monstruoso, servirá, de aquí en adelante, para designar un nuevo arte en el que no es difícil percibir, aunque sometidos a una íntima geometría, los rasgos que designa esa voz. Esperpento, un nuevo modo de mirar el contorno desde la literatura.

Siempre que, por una u otra razón, nos hemos acercado al esperpento, la cita de los espejos del callejón del Gato ha sido forzosa:

> Los héroes clásicos han ido a pasearse en el callejón del Gato. Los héroes clásicos reflejados en espejos cóncavos dan el Esperpento. Las imágenes más bellas, en un espejo cóncavo, son absurdas. (Esc. XII.)

He aquí, transcrita, la cita inicial de lo que ya se ha convertido en un lugar común. Los espejos cóncavos como fuente de toda deformación, y los concretos espejos del callejón del Gato como recurso para explicar esa deformación en los que aún alcanzamos a ver, en la pared de una callejuela madrileña, los famosos espejos, reclamo de inocentes miradas, de burlas al pasar. Pero ¿cómo reducir esos espejos a su justo lugar? ¿Es posible subordinar el nacimiento de una forma literaria a la condición previa de unos espejos? Digamos que no e intentemos razonarlo.

No hace falta una profunda exégesis para destacar que lo verdaderamente importante es la visión deformadora que devuelven tales espejos:

> El sentido trágico de la vida española sólo puede darse con una estética sistemáticamente deformada...; deformemos la expresión en el mismo espejo que nos deforma las caras y toda la vida miserable de España. (Esc. XII.)

En el libro urge, pues, ver una llamada a la ética, una constante advertencia y corrección. Y a la vez, conviene tener en cuenta ese «deformemos», afirmación clara de voluntad de estilo que es el pasar la vida toda por un sistema deformador.

Al estudiar las *Sonatas* ya destaqué la relación existente con Goya. Desde sus primeros libros Valle cita a Goya. Pero es en LUCES DE BOHEMIA donde el paralelismo se pone en evidencia: «El esperpentismo lo ha inventado Goya.» (Esc. XII.) Hay algunos de los dibujos goyescos, quizá los más conocidos, en los que es muy palpable la transformación: el petimetre que, ante el espejo, ve su imagen trocada en la de un mono; la maja que, en igual situación, contempla una serpiente enredada a una guadaña; el militar trocado en gato enfurecido, de enhiestos bigotes, etc.

Sin embargo, el espejo es una coincidencia, y, como siempre, el resultado intelectual de una visión interior del artista. Más podrían valernos los numerosos casos de mezcla de formas humanas y animales que llenan las planchas de la serie (monos, aves, asnos, etc.). Y junto con Goya, ¿por qué no pensar también en el Bosco ante la universal mueca que el esperpento refleja?

En cuanto al espejo como materia de logro literario, nos quedaría todavía por considerar su vigencia como motivo folclórico, tan vivo en narraciones e historias de valor tradicional, que fácilmente pudo ser reinterpretado por Valle-Inclán. Pero lo cierto es que él habló de unos espejos precisos, reales, exactos, que los primeros lectores de LUCES DE BOHEMIA podían ver y buscar en la calle del Gato, atajo para ir de los numerosos cafés del centro al Ateneo, al Teatro Español, de vuelta de innumerables tertulias donde Valle vio reflejadas conversaciones, actitudes, aquiescencias, profesiones... Aceptémoslo como una más de sus copiosas invenciones, quizá como una de tantas apostillas del escritor decididamente visual que fue Valle-Inclán, explicación que ha trascendido para siempre la existencia de ese pasadizo oscuro, triste, camino de ninguna parte.

En la línea de la parodia

Pero no podemos detenernos únicamente en la explicación de los espejos para comprender la concepción del esperpento como un todo armónico. De la lectura de LUCES DE BOHEMIA brota indudablemente un impreciso regusto de sainete, de zarzuela con tonillo de plebe madrileña y ademán desgarrado. El hálito de mayor entidad es el que atañe al idioma: voz de la calle madrileña, cultismo y argot reunidos, creaciones meta-

fóricas momentáneas, acunadas por una brisa a veces coloquial, a veces leguleya. El léxico de los sainetes y del género
chico lo reencontramos, revestido ya de dignidad literaria, en
LUCES DE BOHEMIA.

Dentro de ese género chico hay una variante de particular
interés. Se trata de una ladera que, preocupada fundamen-
talmente con la burla, la broma, coloca ante un imaginario
espejo cóncavo otras obras de cierta importancia. Creo que
en esta manifestación paródica de la literatura teatral hay un
claro antecedente del esperpento. Valle-Inclán aprendió aquí
procedimientos, audacias, sesgos de burla o de escarnio.
Había en esa literatura paródica algo muy próximo a la
deformación grotesca del esperpento, lograda a fuerza de
una consciente degradación, de un tozudo rebajamiento en
la escala de valores. Fama extraordinaria alcanzó en esta
faceta, por su habilidad paródica y su fecundidad, Salvador
María Granés, autor, por ejemplo, de *La Golfemia,* parodia
de *La bohème,* de Puccini, o del trueque de *La Dolores,* de
Bretón, en *Dolores... de cabeza,* etc. El genio de Valle-
Inclán brilla al elevar un género de subliteratura a la cate-
goría de arte.

Trasfondo real de la escena

Se cuenta en LUCES DE BOHEMIA un dantesco viaje: la
peregrinación nocturna de Max Estrella, andaluz hiperbólico, poeta de odas y madrigales, guiado por su *alter ego,*
don Latino de Hispalis, por diversos lugares madrileños
(librerías, tabernas, delegación de policía del Ministerio de
la Gobernación, lugares de erotismo vergonzante, cafés de
cierto renombre), hasta verle morir en el quicio oscuro
de su propia casa. Todo el mundo está de acuerdo en que

detrás de ese desventurado personaje se esconde la figura de Alejandro Sawa, poeta y escritor que muere ciego y loco, en Madrid, en 1909, dentro de la más escalofriante pobreza. Citas, testimonios, recuerdos, alusiones, etc., nos traen al borde la página de LUCES DE BOHEMIA una desalentadora verdad, la de la vida y peripecias de este sevillano grandilocuente y casi fantasmal, envenenado de literatura y de bohemia, cuya muerte en la miseria debió de conmover hondamente a los jóvenes literatos, a los que luchaban denodadamente por un nombre, por la fama. Igualmente son reconocibles los personajes más destacados que se citan en la trama del esperpento. El librero Pueyo, editor del modernismo poético, que aparece bajo el nombre de Zaratustra, y su librería; Ciro Bayo (don Gay Peregrino), fácilmente identificable tras su charloteo y sus citas; Pedro Luis de Gálvez, sonetista excelente, que ha llenado de tragedia y de anecdotario tremendo la historia de los primeros treinta años del siglo; Rubén Darío, que aparece admirablemente retratado en su papel de gran sacerdote de una poesía deslumbradora que provocó grandes reacciones. El ministro Julio Burell, que tanto y tanto tuvo que ver con los intelectuales del tiempo; Ernesto Bark (Basilio Soulinake), autor de varios libros, refugiado eslavo, gran amigo del poeta muerto, y del que, indudablemente, Valle-Inclán recordaría algo más que la pura irrisión, desmesurada e inoportuna, que vemos en el entierro de Max Estrella. Y Dorio de Gadex, el escritor y crítico que alcanzó una cierta fama, que vivió del sablazo y que murió ignorado, dentro de un olvido verdaderamente atroz y sin riberas. Y tantos más. Desfile alucinante de gentes alicaídas, a las que la vida ha zarandeado como muñecos, como personajes de un gran guiñol, y que Valle resucita pasajeramente, desde un hondo rincón de la memoria, para enseñarlos, ejemplarmente, en lo que tienen de dolorido fracaso. Y moviéndose todos en un contorno que llama directamente a la voz de cada día: Unamuno, Alfonso XIII, la Infanta Isabel de Borbón, Pastora Imperio, Antonio Maura, Joselito, el Marqués de Alhucemas... Una humanidad a la que las conmociones sociales visten de súbita resonancia temerosa. Y todos hablan con sabor de sainete, con la voz de la calle madrileña, empañada de nocturnidad, churros y aguardiente. Rasgada, violenta, exclamatoria, achulapada, a veces obscena, a veces orlada de poesía elemental, directa y conmovida.

Trasfondo literario

Un rasgo que define certeramente el arte de Valle-Inclán es el culto a la literatización. Es uno de los recursos más utilizados en el arte paródico, un hecho de claro abolengo modernista que deja en las *Sonatas* de Valle ejemplos de tal voluntad. Un proceso asequible y chocarrero de citas ajenas, de sabiduría de café, que se esgrime frecuentemente, con fines muy diversos. Al acercarnos a LUCES DE BOHEMIA nos asalta por todas partes la presencia de la «literatura», en citas, en recuerdos, en alusiones simuladas, en nombres concretos. Recordemos a continuación algunas muestras de entre la innumerable sucesión de citas mutiladas, difuminadas en la conversación.

Al entrar Max Estrella en la librería de Zaratustra, saluda con la expresión calderoniana:

¡Mal Polonia recibe a un extranjero! (Esc. II.)

Dorio de Gadex saluda, dirigiéndose a Max, con el rubeniano:

¡Padre y Maestro Mágico, salud! (Esc. IV.)

El redactor de un periódico, ante la conversación tumultuosa de los demás, grita:

¡Juventud, divino tesoro! (Esc. VII.)

También es a la luz de la literatización como entendemos la escena del cementerio en LUCES DE BOHEMIA: se trata de una parodia del entierro de Ofelia en *Hamlet,* de Shakespeare.

La utilización de este procedimiento de literatización presentaba en las *Sonatas* una radical diferencia frente al empleo en LUCES DE BOHEMIA. Allí funcionaban las citas literarias, o artísticas en general, con «absoluta seriedad», dignificando las situaciones y aquilatando la exquisitez del autor, de los personajes y del ambiente total de la escenografía. Aquí, en LUCES DE BOHEMIA, domina, por el contrario, la absoluta desproporción. Los textos se desmoronan escandalosamente. El conflicto mental entre lo realmente evocado por la cita y la realidad de la situación que la provoca en la raíz de toda la expresividad cómica, paródica, que, al rellenarse de amargura o desencanto, tendremos que llamar siempre esperpéntica. A modo de ejemplo consideremos el saludo de Dorio de Gadex, «Padre y Maestro Mágico...», extraído de un responso (el maravilloso a Verlaine), que se cierra con un «¡salud!» dirigido al hombre que va a morirse en seguida. La anticipación funeral que el verso ilustre despliega hace que la amargura de la circunstancia se agrave considerablemente. En fin, cualquiera de las citas literarias recordadas en LUCES DE BOHEMIA participa de una mueca de desencanto, de implacable llamada a la aridez de la vida cotidiana.

Luces de Bohemia, *sátira nacional*

Toda la crítica que se ha encarado con Luces de Bohemia ha intentado destacar de una u otra manera el aire de queja, de protesta que el esperpento encierra. Es verdad, pero también lo es que no se sabía con certeza contra qué o quiénes iba dirigida la protesta. Es indiscutible que con esa queja Valle-Inclán se incorpora al quehacer de sus colegas de generación, asaeteados por la preocupación de España. Mirando desde fuera, y en una primera ojeada, nos tropezamos con un Valle-Inclán que, ya saturado de una literatura preciosista, de princesas, salones, aristocracia, opulencias, etc., siente, como todo creador puro ha sentido alguna vez, la necesidad apremiante de las visiones directas, sencillas.

El contorno al cual Valle ha vuelto su mirada, lejos de literaturas, era una España caduca, sin aliento, sin ética. Una España que era la caricatura de sí misma. Es entonces, cuando la realidad circundante duele, o se presenta como una pena agravada y en presente, cuando querríamos perfeccionarla, volver a llenarla de sentido, darle el hueco justo y preciso que se merece. Y la realidad maltrecha se desgrana entre amargores, dejando ver los perfiles rotos de los figurones políticos, de la trampa social, de la inmoralidad administrativa. Esa es la España que aparece en Luces de Bohemia, una España sorprendida en trance de ruina, en desmoronamiento irremediable.

De ahí todo el continuo lamento que se desgrana página a página del libro. De esa crítica no se libra nada. Desde el Monarca hasta el último plebeyo, el bohemio que no tiene asidero en la vida. Lo verdaderamente desolador del esperpento inicial es ese desfile claudicante de gentes sin meta, sin alientos ni futuro. Todo es una crujiente cáscara. Detrás de esa cáscara sobrenada, y es preciso decirlo aprisa y alto,

el afán reformador, el ansia de un «esto no puede seguir
así, eso no sirve». Precisamente esa es la diferencia funda-
mental entre la crítica valleinclanesca y la de sus compañeros de generación. Hacia 1920, la protesta de los
jóvenes escritores del 98 ya no tiene sentido. Está supe-
rada, eliminada.

LUCES DE BOHEMIA arremete contra «toda» una sociedad.
Es, sin duda, la primera gran obra literaria española contemporánea en que desaparece el héroe, en que se olvida lo
biográfico o argumental, personal, de devenir individual,
para que sea una colectividad entera su personaje. De ahí
ese repertorio múltiple y variopinto de sus héroes, proce-
dentes de tantas escalas sociales, unos citados para ser puestos en sangrante evidencia, otros colocándose ellos mismos
ante nuestros ojos con su egoísmo, su frivolidad, su palabrería vacua. No podemos ver en la sátira de Valle-Inclán
un ataque contra una España trashumana y fantasmal, como
era la de Azorín, la de Unamuno, sino que es más profunda. Ataca por igual a todos los que participan de una manera o de otra en la circunstancia. No se trata de una queja
contra instituciones o contra personalidades, ni contra
supuestos previos. Es una queja total, en la que se ve, repi-
to, por vez primera una crítica colectiva. La lección de Valle
ya no puede ser discutida: todos hemos de ser co-solidarios,
co-responsables de nuestra verdad histórica, de la realidad
política, vital y humana en la que nos tocó vivir. El lazo que
le une a Goya, tan traído y llevado a propósito del esperpento, no es tanto el interés por los monstruos como el destacar que se trata de una totalidad: España, en la que caben
o deben caber todos, desde la dinastía hasta el último ciudadano.

Enfocadas desde este ángulo las cosas, cambia mucho y se
aclara el sentido de la crítica valleinclanesca. Asistimos a la

burla de la bohemia, tan inoperante y estéril. Contemplamos
la esquemática alusión a personajes desaparecidos y a personajes vivos, a los malos procedimientos de la administración,
a los concursos literarios banales y con resultados de abru-
madora mediocridad; asistimos a diálogos sobre la inutilidad
de los servicios públicos, los tranvías, las comedias, los malos
comediantes, las lecciones académicas. Oímos complacida-
mente el desajuste inarmónico entre las relaciones sociales
(gobernantes en casa de un torero difunto, el ministro con
pujos literarios). Nos anonada por su exageración grotesca la
actitud de la colectividad ante las campañas africanas. Son
puestos en la picota artistas al ser enjuiciados artísticamente.
Se citan bailarinas, toreros, poetas fracasados y aferrados a su
propio fracaso como a un deporte inevitable... Y oímos al
industrial pequeño y alicorto, y al agente de la autoridad, y al
sereno, y a los porteros solemnes de los ministerios, y al joven
ingenuo que sueña todavía con la inmortalidad literaria, y a
las busconas de la calle fría y desamparada... Y hasta a los animales domésticos. Una multitud que funciona como puede,
en el engranaje de las horas lentas, irremediables, del vivir
pesaroso, apenado, angustiado, de la pobreza, de la marcha
hacia la nada total.

El arte literario del esperpento

El esperpento supone una quiebra del sistema lógico y de
las convenciones sociales. Estructuralmente puede reducirse
a una *superposición* de los modelos pertenecientes a campos
semánticos opuestos y disonantes. A veces, lo guiñolesco se
superpone a lo personal y los hombres son vistos como fantoches; así, don Latino «guiña el ojo, tuerce la jeta y desmaya los brazos como un pelele». Otras, lo humano es compa-

rado a lo animal —Rubén está «como un cerdo triste»— o, viceversa, lo animal aparece humanizado: «Un ratón saca el hocico intrigante por un agujero.» Finalmente, los objetos inanimados se vivifican: «el grillo del teléfono se orina en el gran regazo burocrático».

Pero el gran brillo, el prodigio permanente del esperpento es la deformación idiomática. Los personajes hablan desde ángulos que no son los acostumbrados en la lengua pulcra del arte modernista, la lengua del Valle-Inclán joven. Vamos a encontrarnos ahora con la desaparición de aquel pausado y comedido hablar, sometido a numerosas disciplinas, en el que se venían manifestando las vidas artísticas, exquisitas, de sus primeros personajes. Ahora los héroes van a «hablar», sencillamente. No obstante, la lengua de LUCES DE BOHEMIA es, en conjunto, compleja, múltiple, dominada por un desgarro artísticamente mantenido, capaz de ilusionar, de dar idea de una plebe atiborrada de resabios literarios y de vida al borde de lo infrahumano. Es un habla de integración, donde hallan cabida, en apasionante conjunción, el habla pulida del discreto cultivado y la desmañada y vulgar de las personas desheredadas de dinero y espíritu.

Junto al retrato de personajes por su rictus lingüístico característico, llama poderosamente la atención la presencia de la lengua de arrabal madrileño. Un lenguaje al borde de las jergas, del habla críptica de taberna y delincuencia, factor de atracción en el esperpento. Pero es preciso subrayar lo que en esa lengua se refleja de un determinado estadio sociocultural típico de esos años: toda la sociedad española estaba invalida por ella. Pío Baroja dio fe de ello al decir que «hablar en cínico y en golfo» era signo frecuente y nada escandalizador.

Esa preocupación por el habla coloquial, alejada de los primores modernistas y de las exquisiteces en general, guió a la mayor parte de la creación teatral de principios de siglo. Unas veces se detuvo en un ambiente humano de pasiones sencillas y problemas elementales, con sus pudores, limitaciones y prejuicios. Es la tragedia grotesca de Carlos Arniches. Otras veces, esa lengua se paró en el chiste ocasional y fácil, complacido en el chascarrillo de los parecidos semánticos o fonéticos, en la deformación idiomática, etc. Es la astracanada de Muñoz Seca. Y la tercera rama es la que ha logrado la superación artística cuidadosamente elaborada y sopesada, llevada a todas las manifestaciones del conjunto social: el esperpento. Valle-Inclán elimina en su esperpento el vulgarismo voluntario del género chico, el sentimentalismo patético de la tragedia grotesca y la facilidad a borde de labios de la astracanada.

En LUCES DE BOHEMIA vemos desfilar el habla ocasional y viva, repleta de vivencias, de todos y cada uno de los hablantes: del ministro, del poeta excelso y del ripioso despoblado, del aristócrata y del tabernero, del asilado político y de la portera impolítica, de la vendedora callejera de lotería y de la ramera marginada o perseguida, y de la pareja de guardias, y del periodista, y del sereno, y del obrero con preocupaciones políticas, y del pequeño industrial, y del... De todos, en fin. Detrás de ese nutrido repertorio de personajes del esperpento surge de nuevo, cegador relámpago, la concepción social del arte, tan nueva en su momento, que aún puede costar trabajo reconocerla, pero en la que vemos la insoslayable urgencia de «participar», de estar en un aquí y en un ahora, del que no se puede nadie, absolutamente nadie, considerar insolidario. Detrás de eso surge, amenazadora, una desconsoladora anonimia, la de la vida aislada de las grandes ciudades, donde se comparten engañosamente las veinticuatro horas del día, pero donde resulta difícil hallar un co-latido próximo.

En esta literatura de los años veinte hay un afán de grotesco, de romper con los moldes tradicionales de una manera o de otra. Es el mismo ánimo que lleva a la «greguería» o al «disparate» de Gómez de la Serna. La mirada sobre la realidad se ha disfrazado de armónicos irreverentes. Lo grotesco está presente en toda expedición literaria. Y justamente en esta expedición de LUCES DE BOHEMIA es «grotesco» la voz más importante, en compañía de otra serie de «palabras clave»: «pelele», «fantoche», «troglodita» y la misma «esperpento».

La lengua de LUCES DE BOHEMIA

Fijémonos a continuación en algunos rasgos concretos dentro del plano de la lengua. Nos encontramos en LUCES DE BOHEMIA todavía las rimas interiores («periodista» y «florista», «luminoso» y «verdoso», etc.), al lado de las palabras de argot, empleadas con un brillo entre nosotros sin precedente ni parentesco desde Quevedo. Esas voces sirven para representar al desnudo el anverso de la vida sosegada y encauzada, es decir, delatan la vida auténtica, la que no está encadenada a normas, la desceñida y violentamente sincera. De ahí los gitanismos («mangue, pirante, mulé»), las voces callejeras de la pobreza y el sufrimiento («colgar» por empeñar, «beber sin dejar cortinas», «dar el pan de higos», «coger a uno de pipi», «bebecua», «hacer la jarra», etc.). De toda esa palabrería se desparrama un vivo madrileñismo. Demos cuenta de los más significativos ejemplos: Hay multitud de expresiones que requieren su interpretación a la luz de tal madrileñismo: «tener un anuncio luminoso en casa» para delatar o exagerar una costumbre personalísima; «hacer algo de incógnito», extraída del lenguaje periodístico, con el sentido figurado de «no querer enterarse de algo, no importarle a uno nada»; «pápiro» por «billete de Banco»; «guindilla» por «guardia de orden público»; «estar apré» o «estar afónico» por «no tener dinero»; «no preguntar a la portera, que muerde», dicho que aludía al particular genio de las antiguas vigilantes de las casas; «rezumar el ingenio», por «tener caspa en los hombros y en el cuello de la ropa»; «estar marmota» por «estar dormido»; «no dar ni los buenos días» como «encarecimiento de la avaricia»; «cambiar el agua de las aceitunas» por «orinar», etc.

Otro apartado lo integra la exageración hasta el límite de las posibilidades opuestas en la designación de las sufrientes verdades: «capitalista, banquero» al desharrapado o casi mendigo; «intendente» al que apenas dispone de un real; «palacio» a la buhardilla; llamar «intelectual» a un torero, etc.

También hallamos tendencia a la reducción de las palabras, dejándolas en su primera mitad, índice suficiente de reconocimiento, y que sirve además para extremar la familiaridad con lo local y exagera crípticamente la cercanía que con determinadas cosas se tiene: *La Corres* por el periódico *La Correspondencia de España;* «propi» por «propina»; «pipi» por «pipiolo»; «delega» por «delegación de orden público, comisaría»; «jipi» por una clase de sombrero, el «jipijapa»; «preve» por la «prevención, oficina gubernativa», etc. Es igualmente madrileña la utilización de «lo cual» con un antecedente amplio: «Habrá que darle para el pelo. Lo cual que sería lástima.» Redondea la impresión de la afectación barriobajera madrileña el uso frecuente de cultivos estridentes en medio de las palabras de ámbito plebeyo: «¡No "introduzcas" tú la pata, pelmazo!»; «¡Un café de recuelo "te integra"!»; «¡"Pudiera"! Yo me "inhibo"»; etc.

El léxico madrileño surge, en LUCES DE BOHEMIA, con pujanza insorteable. Veamos una breve lista ilustrativa: «apañar» («robar»); «beatas» («pesetas»); «bocón» («charlatán»); «cate» («golpe, bofetada»); «curda» («borracho»); «chalado» («chiflado»); «chola» («cabeza»); «fiambre» («cadáver»); «gatera» («tunante, calavera»); «guipar» («ver, mirar»); «llevar mancuerna» («recibir una paliza, un tormento de cualquier tipo»); «¡naturaca!» («¡naturalmente!»); «pájara» («mujer con connotación peyorativa»); «panoli» («tonto, bobalicón»); «papel» («periódico»); «punto» («sujeto avispado, perdulario»); «pela» («peseta»); «pupila, tener pupila» («tener cuidado, avivarse»); «soleche» («pelmazo, tonto, latoso»); «sombrerera» («cabeza»); «vándalo» («bestia, bruto»); etc.

Son todos ellos rasgos que delatan la filiación madrileñista en el habla, siempre con su regusto de popularismo, de sainete y de verbena.

Del teatro al cine

LUCES DE BOHEMIA se nos presenta cada vez más relacionada con el cine. Los personajes hablan tumultuosamente, gesticulantes, con un agrio manoteo que nos sirve para ver de cerca su situación anímica. El largo forcejeo de sobreentendidos, gritos, balbuceos, aspavientos, nos lleva de la mano al afanoso movimiento del cine inicial, atestado de carreras, persecuciones, situaciones limítrofes con lo cómico, tolvaneras de terror... En este rasgo de plasticidad y de movimiento tan cercano a la cinematografía aprecio la vertiente de mayor modernidad de LUCES DE BOHEMIA. Las huelgas, su griterío, los reflejos y el susto de los disparos lejanos, los contrastes de luz y de sombra, la escena amorosa en las ver-

jas de un jardín público inmersa en el hondón de la noche, el
ir y venir tembloroso de los personajes por las callejas madri-
leñas, bajo los fugaces resplandores de los faroles morteci-
nos, todo, todo es cine de la mejor ley. Las exquisitas apostillas escénicas de Valle («Se cierra con golpe pronto la
puerta de la Buñolería»; «Llega el sereno, meciendo a compás el farol y el chuzo»; «Gran interrupción»; «Lobreguez
con un temblor de acetileno»; «La cara es una gran risa de
viruelas»; «Hay un silencio»; etc.) deben ser definitivamente consideradas como admirable prosa de guión cinemato-
gráfico y no como meros consejos escénicos.

LUCES DE BOHEMIA *en la obra valleinclanesca*

Para concluir esta presentación volvamos al valor de LUCES
DE BOHEMIA en la obra de Valle-Inclán. Valle ha abandona-
do su antigua preocupación literaria, llena de erudición y pre-
ciosismo, una visión, en ocasiones, de biblioteca palatina, y
ha descubierto la realidad marginada del vivir, la luz trágica
de los atardeceres en un barrio cualquiera, en la esquina con
taberna, con esas gentes entristecidas que esperan, casi sin
darse cuenta, la presencia tangible del milagro: el de sobrevi-
vir. Todo se nos presenta encadenado férreamente a situaciones concretas de su tiempo, a personas y cosas que dejaron su
huella risible o dolorida sobre la faz de España. Y se protesta contra «esto y aquello» con voces repletas de autenticidad.
Detrás de la escenografía, se deslizan los aconteceres como un
juego de situaciones y malabarismos verbales que estaban a
punto de hacerse ininteligibles. Con ellos y entre ellos se des-
lizaba la vida empobrecida y amarga del cruce de los dos
siglos, arrastrándose por los tugurios, las tertulias, las comi-
sarías. Y detrás y por encima, la voz de Valle-Inclán ha sabi-

do colocarnos, como resultado de su amarga queja contra una sociedad estúpida, suicida, frívola y no solidaria, no sólo una llamada a la ética y a la conducta sana, sino, sobre todo, una luz de esperanza, de mejoramiento, de fe en una convivencia. Que la noche de Max Estrella no sea más que un viento último, volandera ceniza, pero esperanza, sí, esperanza en un mundo más cordial y desprendido, donde haya siempre tendida una mano al infortunio.

ALONSO ZAMORA VICENTE

BIBLIOGRAFÍA

1. ESTUDIOS GENERALES

MANUEL BERMEJO MARCOS: *Valle-Inclán. Introducción a su obra*, Salamanca, Anaya, 1971.

JUAN ANTONIO HORMIGÓN: *Ramón del Valle-Inclán: la cultura, la política, el realismo y el pueblo*, Madrid, Comunicación, 1972.

ANTHONY N. ZAHAREAS, ed.: *Ramón del Valle-Inclán. An Appraisal of his Life and Works*, Nueva York, Las Américas, 1968. Recoge estudios de diversos autores sobre aspectos varios de Valle.

2. SOBRE EL TEATRO DE VALLE-INCLÁN

JOHN LYON: *The Theatre of Valle-Inclán*, Cambridge, Cambridge University Press, 1983.

ANTONIO BUERO VALLEJO: «De rodillas, de pie, en el aire», en *Tres maestros ante el público*, Madrid, Alianza Editorial, 1973.

3. SOBRE EL ESPERPENTO

RODOLFO CARDONA y ANTHONY N. ZAHAREAS: *Visión del esperpento. Teoría y práctica en los esperpentos de Valle-Inclán*, Madrid, Castalia, 1981[2].

ANTONIO RISCO: *La estética de Valle-Inclán en los esper-pentos y en «El Ruedo Ibérico»*, Madrid, Gredos, 1966.

RICARDO DOMÉNECH: «Para una visión actual del teatro de los esperpentos», *Cuadernos Hispanoamericanos,* núme-ros 199-200 (1966), págs. 455-466.

4. SOBRE *LUCES DE BOHEMIA*

ALONSO ZAMORA VICENTE: *La realidad esperpéntica. Apro-ximación a «Luces de Bohemia»*, Madrid, Gredos, 1969.

DRU DOUGHERTY: *«Luces de Bohemia and Valle-Inclán's Search of Artistic Adequacy», Jornal of Spanish Studies Twentieth Century,* II (1974), págs. 61-75.

GONZALO SOBEJANO: *«Luces de Bohemia,* elegía y sátira», *Papeles de Son Armadans,* 127 (1966), págs. 86-106.

DOMINGO YNDURÁIN: *«Luces», Dicenda,* 3 (1984), pági-nas 163-187.

ESTA EDICIÓN *

La presente edición sigue la última corregida por el autor (Imprenta Cervantina, Madrid, 1924) y la publicada en la colección Clásicos Castellanos (número 180) de esta misma editorial, con una actualización de la puntuación.

Un Glosario recoge, al final de la obra, notas resumidas sobre las claves de los personajes y las figuras históricas que en ella aparecen, así como aclara el significado de palabras y expresiones del habla popular y literaria de la época.

---

* _(N. del E.)_

LUCES DE BOHEMIA

ESPERPENTO

LVCES · DE · BOHEMIA

ESPERPENTO · LO-SACA-A-LVZ

DON RAMON DEL VALLE-INCLAN

OPERA OMNIA

VŌL XIX

DRAMATIS PERSONAE

MAX ESTRELLA, SU MUJER MADAME COLLET Y SU
  HIJA CLAUDINITA.
DON LATINO DE HISPALIS.
ZARATUSTRA.
DON GAY.
UN PELÓN.
LA CHICA DE LA PORTERA.
PICA LAGARTOS.
UN COIME DE TABERNA.
ENRIQUETA LA PISA BIEN.
EL REY DE PORTUGAL.
UN BORRACHO.
DORIO DE GADEX, RAFAEL DE LOS VÉLEZ, LUCIO
  VERO, MÍNGUEZ, GÁLVEZ, CLARINITO Y PÉREZ,
  JÓVENES MODERNISTAS.
PITITO, CAPITÁN DE LOS ÉQUITES MUNICIPALES.
UN SERENO.
LA VOZ DE UN VECINO.
DOS GUARDIAS DEL ORDEN.
SERAFÍN EL BONITO.
UN CELADOR.
UN PRESO.
EL PORTERO DE UNA REDACCIÓN.
DON FILIBERTO, REDACTOR EN JEFE.

EL MINISTRO DE LA GOBERNACIÓN.
DIEGUITO, SECRETARIO DE SU EXCELENCIA.
UN UJIER.
UNA VIEJA PINTADA Y LA LUNARES.
UN JOVEN DESCONOCIDO.
LA MADRE DEL NIÑO MUERTO.
EL EMPEÑISTA.
EL GUARDIA.
LA PORTERA.
UN ALBAÑIL.
UNA VIEJA.
LA TRAPERA.
EL RETIRADO, TODOS DEL BARRIO.
OTRA PORTERA.
UNA VECINA.
BASILIO SOULINAKE.
UN COCHERO DE LA FUNERARIA.
DOS SEPULTUREROS.
RUBÉN DARÍO.
EL MARQUÉS DE BRADOMÍN.
EL POLLO DEL PAY-PAY.
LA PERIODISTA.
TURBAS, GUARDIAS, PERROS, GATOS, UN LORO.

La acción en un Madrid absurdo, brillante y hambriento

ESCENA PRIMERA

Hora crepuscular. Un guardillón con ventano angosto, lleno de sol. Retratos, grabados, autógrafos repartidos por las paredes, sujetos con chinches de dibujante. Conversación lánguida de un hombre ciego y una mujer pelirrubia, triste y fatigada. El hombre ciego es un hiperbólico andaluz, poeta de odas y madrigales, MÁXIMO ESTRELLA. A la pelirrubia, por ser francesa, le dicen en la vecindad MADAMA COLLET.

MAX

Vuelve a leerme la carta del Buey Apis.

MADAMA COLLET

Ten paciencia, Max.

MAX

Pudo esperar a que me enterrasen.

MADAMA COLLET

Le toca ir delante.

MAX

¡Collet, mal vamos a vernos sin esas cuatro crónicas! ¿Dónde gano yo veinte duros, Collet?

MADAMA COLLET

Otra puerta se abrirá.

MAX

La de la muerte. Podemos suicidarnos colectivamente.

MADAMA COLLET

A mí la muerte no me asusta. ¡Pero tenemos una hija, Max!

MAX

¿Y si Claudinita estuviese conforme con mi proyecto de suicidio colectivo?

MADAMA COLLET

¡Es muy joven!

MAX

También se matan los jóvenes, Collet.

MADAMA COLLET

No por cansancio de la vida. Los jóvenes se matan por romanticismo.

MAX

Entonces, se matan por amar demasiado la vida. Es una lástima la obcecación de Claudinita. Con cuatro perras de carbón, podíamos hacer el viaje eterno.

MADAMA COLLET

No desesperes. Otra puerta se abrirá.

MAX

¿En qué redacción me admiten ciego?

MADAMA COLLET

Escribes una novela.

MAX

Y no hallo editor.

MADAMA COLLET

¡Oh! No te pongas a gatas, Max. Todos reconocen tu talento.

MAX

¡Estoy olvidado! Léeme lá carta del Buey Apis.

MADAMA COLLET

No tomes ese caso por ejemplo.

MAX

Lee.

MADAMA COLLET

Es un infierno de letra.

MAX

Lee despacio.

MADAMA COLLET, *el gesto abatido y resignado, deletrea en voz baja la carta. Se oye fuera una escoba retozona. Suena la campanilla de la escalera.*

MADAMA COLLET

Claudinita, deja quieta la escoba y mira quién ha llamado.

LA VOZ DE CLAUDINITA

Siempre será Don Latino.

MADAMA COLLET

¡Válgame Dios!

LA VOZ DE CLAUDINITA

¿Le doy con la puerta en las narices?

MADAMA COLLET

A tu padre le distrae.

LA VOZ DE CLAUDINITA

¡Ya se siente el olor del aguardiente!

MÁXIMO ESTRELLA *se incorpora con un gesto animoso, esparcida sobre el pecho la hermosa barba con mechones de canas. Su cabeza rizada y ciega, de un gran carácter clásico-arcaico, recuerda los Hermes.*

MAX

¡Espera, Collet! ¡He recobrado la vista! ¡Veo! ¡Oh, cómo veo! ¡Magníficamente! ¡Está hermosa la Moncloa! ¡El único rincón francés en este páramo madrileño! ¡Hay que volver a París, Collet! ¡Hay que volver allá, Collet! ¡Hay que renovar aquellos tiempos!

MADAMA COLLET

Estás alucinado, Max.

MAX

¡Veo, y veo magníficamente!

MADAMA COLLET

¿Pero qué ves?

MAX

¡El mundo!

MADAMA COLLET

¡A mí me ves!

MAX

¡Las cosas que toco, para qué necesito verlas!

MADAMA COLLET

Siéntate. Voy a cerrar la ventana. Procura adormecerte.

MAX

¡No puedo!

MADAMA COLLET

¡Pobre cabeza!

MAX

¡Estoy muerto! Otra vez de noche.

Se reclina en el respaldo del sillón. La mujer cierra la ven-
tana y la guardilla queda en una penumbra rayada de sol
poniente. El ciego se adormece y la mujer, sombra triste, se
sienta en una silleta, haciendo pliegues a la carta del Buey
Apis. Una mano cautelosa empuja la puerta, que se abre con
largo chirrido. Entra un vejete asmático, quepis, anteojos, un
perrillo y una cartera con revistas ilustradas. Es DON LATI-
NO DE HISPALIS. *Detrás, despeinada, en chancletas, la falda*
pingona, aparece una mozuela: CLAUDINITA.

DON LATINO

¿Cómo están los ánimos del genio?

CLAUDINITA

Esperando los cuartos de unos libros que se ha llevado un vivales para vender.

DON LATINO

¿Niña, no conoces otro vocabulario más escogido para referirte al compañero fraternal de tu padre, de ese hombre grande que me llama hermano? ¡Qué lenguaje, Claudinita!

MADAMA COLLET

¿Trae usted el dinero, Don Latino?

DON LATINO

Madama Collet, la desconozco, porque siempre ha sido usted una inteligencia razonadora. Max había dispuesto noblemente de ese dinero.

MADAMA COLLET

¿Es verdad, Max? ¿Es posible?

DON LATINO

¡No le saque usted de los brazos de Morfeo!

CLAUDINITA

¿Papá, tú qué dices?

MAX

¡Idos todos al diablo!

MADAMA COLLET

¡Oh, querido, con tus generosidades nos has dejado sin cena!

MAX

Latino, eres un cínico.

CLAUDINITA

Don Latino, si usted no apoquina, le araño.

DON LATINO

Córtate las uñas, Claudinita.

CLAUDINITA

Le arranco los ojos.

DON LATINO

¡Claudinita!

CLAUDINITA

¡Golfo!

DON LATINO

Max, interpón tu autoridad.

MAX

¿Qué sacaste por los libros, Latino?

DON LATINO

¡Tres pesetas, Max! ¡Tres cochinas pesetas! ¡Una indignidad! ¡Un robo!

CLAUDINITA

¡No haberlos dejado!

DON LATINO

Claudinita, en ese respecto te concedo toda la razón. Me han cogido de pipi. Pero aún se puede deshacer el trato.

MADAMA COLLET

¡Oh, sería bien!

DON LATINO

Max, si te presentas ahora conmigo en la tienda de ese granuja y le armas un escándalo, le sacas hasta dos duros. Tú tienes otro empaque.

MAX

Habría que devolver el dinero recibido.

DON LATINO

Basta con hacer el ademán. Se juega de boquilla, Maestro.

MAX

¿Tú crees...?

DON LATINO

¡Naturalmente!

MADAMA COLLET

Max, no debes salir.

MAX

El aire me refrescará. Aquí hace un calor de horno.

DON LATINO

Pues en la calle corre fresco.

MADAMA COLLET

¡Vas a tomarte un disgusto sin conseguir nada, Max!

CLAUDINITA

¡Papá, no salgas!

MADAMA COLLET

Max, yo buscaré alguna cosa que empeñar.

MAX

No quiero tolerar ese robo. ¿A quién le has llevado los libros, Latino?

DON LATINO

A Zaratustra.

MAX

¡Claudina, mi palo y mi sombrero!

CLAUDINITA

¿Se los doy, mamá?

MADAMA COLLET

¡Dáselos!

Don Latino

Madama Collet, verá usted qué faena.

Claudinita

¡Golfo!

Don Latino

¡Todo en tu boca es canción, Claudinita!

Máximo Estrella *sale apoyado en el hombro de* Don Latino. Madama Collet *suspira apocada, y la hija, toda nervios, comienza a quitarse las horquillas del pelo.*

Claudinita

¿Sabes cómo acaba todo esto? ¡En la taberna de Pica Lagartos!

ESCENA SEGUNDA

La cueva de ZARATUSTRA *en el Pretil de los Consejos. Rime-*
ros de libros hacen escombro y cubren las paredes. Empa-
pelan los cuatro vidrios de una puerta cuatro cromos espe-
luznantes de un novelón por entregas. En la cueva hacen
tertulia el gato, el loro, el can y el librero. ZARATUSTRA,
abichado y giboso —la cara de tocino rancio y la bufanda
de verde serpiente— promueve, con su caracterización de
fantoche, una aguda y dolorosa disonancia muy emotiva y
muy moderna. Encogido en el roto pelote de una silla ena-
na, con los pies entrapados y cepones en la tarima del bra-
sero, guarda la tienda. Un ratón saca el hocico intrigante
por un agujero.

ZARATUSTRA

¡No pienses que no te veo, ladrón!

EL GATO

¡Fu! ¡Fu! ¡Fu!

EL CAN

¡Guau!

EL LORO

¡Viva España!

Están en la puerta MAX ESTRELLA y DON LATINO DE HIS-
PALIS. *El poeta saca el brazo por entre los pliegues de su
capa y lo alza majestuoso, en un ritmo con su clásica cabeza
ciega.*

MAX

¡Mal Polonia recibe a un extranjero!

ZARATUSTRA

¿Qué se ofrece?

MAX

Saludarte y decirte que tus tratos no me convienen.

ZARATUSTRA

Yo nada he tratado con usted.

MAX

Cierto. Pero has tratado con mi intendente, Don Latino de
Hispalis.

ZARATUSTRA

¿Y ese sujeto de qué se queja? ¿Era mala la moneda?

DON LATINO *interviene con ese matiz del perro cobarde,
que da su ladrido entre las piernas del dueño.*

DON LATINO

El maestro no está conforme con la tasa y deshace el
trato.

ZARATUSTRA

El trato no puede deshacerse. Un momento antes que hubieran llegado... Pero ahora es imposible: Todo el atadijo conforme estaba, acabo de venderlo ganando dos perras. Salir el comprador, y entrar ustedes.

El librero, al tiempo que habla, recoge el atadijo que aún está encima del mostrador y penetra en la lóbrega trastienda, cambiando una seña con DON LATINO. *Reaparece.*

DON LATINO

Hemos perdido el viaje. Este zorro sabe más que nosotros, Maestro.

MAX

Zaratustra, eres un bandido.

ZARATUSTRA

Esas, Don Max, no son apreciaciones convenientes.

MAX

Voy a romperte la cabeza.

ZARATUSTRA

Don Max, respete usted sus laureles.

MAX

¡Majadero!

Ha entrado en la cueva un hombre alto, flaco, tostado del sol. Viste un traje de antiguo voluntario cubano, calza alpargates abiertos de caminante y se cubre con una gorra inglesa. Es el extraño DON PEREGRINO GAY, *que ha escrito la cró-*

*nica de su vida andariega en un rancio y animado castella-
no, trastocándose el nombre en* DON GAY PEREGRINO.—*Sin
pasar de la puerta, saluda jovial y circunspecto.*

DON GAY

¡Salutem plurimam!

ZARATUSTRA

¿Cómo le ha ido por esos mundos, Don Gay?

DON GAY

Tan guapamente.

DON LATINO

¿Por dónde has andado?

DON GAY

De Londres vengo.

MAX

¿Y viene usted de tan lejos a que lo desuelle Zaratustra?

DON GAY

Zaratustra es un buen amigo.

ZARATUSTRA

¿Ha podido usted hacer el trabajo que deseaba?

DON GAY

Cumplidamente. Ilustres amigos, en dos meses me he

copiado en la Biblioteca Real, el único ejemplar existente del *Palmerín de Constantinopla*.

MAX

¿Pero, ciertamente, viene usted de Londres?

DON GAY

Allí estuve dos meses.

DON LATINO

¿Cómo queda la familia Real?

DON GAY

No los he visto en el muelle. ¿Maestro, usted conoce la Babilonia Londinense?

MAX

Sí, Don Gay.

ZARATUSTRA *entra y sale en la trastienda, con una vela encendida. La palmatoria pringosa tiembla en la mano del fantoche. Camina sin ruido, con andar entrapado. La mano, calzada con mitón negro, pasea la luz por los estantes de libros. Media cara en reflejo y media en sombra. Parece que la nariz se le dobla sobre una oreja. El loro ha puesto el pico bajo el ala. Un retén de polizontes pasa con un hombre maniatado. Sale alborotando el barrio un chico pelón montado en una caña, con una bandera.*

EL PELÓN

¡Vi-va-Es-pa-ña!

EL CAN

¡Guau! ¡Guau!

ZARATUSTRA

¡Está buena España!

Ante el mostrador, los tres visitantes, reunidos como tres
pájaros en una rama, ilusionados y tristes, divierten sus penas
en un coloquio de motivos literarios. Divagan ajenos al tro-
pel de polizontes, al viva del pelón, al gañido del perro y al
comentario apesadumbrado del fantoche que los explota.
Eran intelectuales sin dos pesetas.

DON GAY

Es preciso reconocerlo. No hay país comparable a Inglaterra. Allí el sentimiento religioso tiene tal decoro, tal dignidad,
que indudablemente las más honorables familias son las más
religiosas. Si España alcanzase un más alto concepto religioso, se salvaba.

MAX

¡Recémosle un Réquiem! Aquí los puritanos de conducta
son los demagogos de la extrema izquierda. Acaso nuevos
cristianos, pero todavía sin saberlo.

DON GAY

Señores míos, en Inglaterra me he convertido al dogma iconoclasta, al cristianismo de oraciones y cánticos, limpio de
imágenes milagreras. ¡Y ver la idolatría de este pueblo!

MAX

España, en su concepción religiosa, es una tribu del Centro
de África.

DON GAY

Maestro, tenemos que rehacer el concepto religioso en el arquetipo del Hombre-Dios. Hacer la Revolución Cristiana, con todas las exageraciones del Evangelio.

DON LATINO

Son más que las del compañero Lenin.

ZARATUSTRA

Sin religión no puede haber buena fe en el comercio.

DON GAY

Maestro, hay que fundar la Iglesia Española Independiente.

MAX

Y la Sede Vaticana, El Escorial.

DON GAY

¡Magnífica Sede!

MAX

Berroqueña.

DON LATINO

Ustedes acabarán profesando en la Gran Secta Teosófica. Haciéndose iniciados de la sublime doctrina.

MAX

Hay que resucitar a Cristo.

DON GAY

He caminado por todos los caminos del mundo y he aprendido que los pueblos más grandes no se constituyeron sin una Iglesia Nacional. La creación política es ineficaz si falta una conciencia religiosa con su ética superior a las leyes que escriben los hombres.

MAX

Ilustre Don Gay, de acuerdo. La miseria del pueblo español, la gran miseria moral, está en su chabacana sensibilidad ante los enigmas de la vida y de la muerte. La Vida es un magro puchero: La Muerte, una carantoña ensabanada que enseña los dientes: El Infierno, un calderón de aceite albando donde los pecadores se achicharran como boquerones: El Cielo, una kermés sin obscenidades a donde, con permiso del párroco, pueden asistir las Hijas de María. Este pueblo miserable transforma todos los grandes conceptos en un cuento de beatas costureras. Su religión es una chochez de viejas que disecan al gato cuando se les muere.

ZARATUSTRA

Don Gay, y qué nos cuenta usted de esos marimachos que llaman sufragistas.

DON GAY

Que no todas son marimachos. ¿Ilustres amigos, saben ustedes cuánto me costaba la vida en Londres? Tres peniques, una equivalencia de cuatro perras. Y estaba muy bien, mejor que aquí en una casa de tres pesetas.

DON LATINO

Max, vámonos a morir a Inglaterra. Apúnteme usted las señas de ese Gran Hotel, Don Gay.

Don Gay

Snt James Squart. ¿No caen ustedes? El Asilo de Reina Elisabeth. Muy decente. Ya digo, mejor que aquí una casa de tres pesetas. Por la mañana té con leche, pan untado de mantequilla. El azúcar algo escaso. Después, en la comida, un potaje de carne. Alguna vez arenques. Queso, té... Yo solía pedir un boc de cerveza, y me costaba diez céntimos. Todo muy limpio. Jabón y agua caliente para lavatorios, sin tasa.

Zaratustra

Es verdad que se lavan mucho los ingleses. Lo tengo advertido. Por aquí entran algunos, y se les ve muy refregados. Gente de otros países, que no siente el frío, como nosotros los naturales de España

Don Latino

Lo dicho. Me traslado a Inglaterra. ¿Don Gay, cómo no te has quedado tú en ese Paraíso?

Don Gay

Porque soy reumático y me hace falta el sol de España.

Zaratustra

Nuestro sol es la envidia de los extranjeros.

Max

¿Qué sería de este corral nublado? ¿Qué seríamos los españoles? Acaso más tristes y menos coléricos... Quizá un poco más tontos... Aunque no lo creo.

Asoma la chica de una portera.—Trenza en perico, caídas calcetas, cara de hambre.

LA CHICA

¿Ha salido esta semana entrega d'*El Hijo de la Difunta?*

ZARATUSTRA

Se está repartiendo.

LA CHICA

¿Sabe usted si al fin se casa Alfredo?

DON GAY

¿Tú qué deseas, pimpollo?

LA CHICA

A mí, plin. Es Doña Loreta la del coronel quien lo pregunta.

ZARATUSTRA

Niña, dile a esa señora que es un secreto lo que hacen los personajes de las novelas. Sobre todo en punto de muertes y casamientos.

MAX

Zaratustra, ándate con cuidado, que te lo van a preguntar de Real Orden.

ZARATUSTRA

Estaría bueno que se divulgase el misterio. Pues no habría novela.

Escapa LA CHICA *salvando los charcos con sus patas de caña.* EL PEREGRINO ILUSIONADO *en un rincón conferencia con* ZARATUSTRA. MÁXIMO ESTRELLA *y* DON LATINO *se orientan a la Taberna de* PICA LAGARTOS, *que tiene su clásico laurel en la calle de la Montera.*

ESCENA TERCERA

La Taberna de Pica Lagartos: *Luz de acetileno: Mostrador de cinc: Zaguán oscuro con mesas y banquillos: Jugadores de mus: Borrosos diálogos.*—Máximo Estrella y Don Latino de Hispalis, *sombras en las sombras de un rincón, se regalan con sendos quinces de morapio.*

El Chico de la Taberna

Don Max, ha venido buscándole la Marquesa del Tango.

Un Borracho

¡Miau!

Max

No conozco a esa dama.

El Chico de la Taberna

Enriqueta la Pisa Bien.

Don Latino

¿Y desde cuándo titula esa golfa?

El Chico de la Taberna

Desque heredó del finado difunto de su papá, que *entodavía* vive.

Don Latino

¡Mala sombra!

Max

¿Ha dicho si volvería?

El Chico de la Taberna

Entró, miró, preguntó y se fue rebotada, torciendo la gaita. ¡Ya la tiene usted en la puerta!

Enriqueta La Pisa Bien, *una mozuela golfa, revenida de un ojo, periodista y florista, levantaba el cortinillo de verde sarga, sobre su endrina cabeza, adornada de peines gitanos.*

La Pisa Bien

¡La vara de nardos! ¡La vara de nardos! Don Max, traigo para usted un memorial de mi mamá: Está enferma y necesita la luz del décimo que le ha fiado.

Max

Le devuelves el décimo y le dices que se vaya al infierno.

La Pisa Bien

De su parte, caballero. ¿Manda usted algo más?

El ciego saca una vieja cartera, y tanteando los papeles con aire vago, extrae el décimo de la lotería y lo arroja sobre

la mesa: Queda abierto entre los vasos de vino, mostrando el
número bajo el parpadeo azul del acetileno. LA PISA BIEN se
apresura a echarle la zarpa.

DON LATINO

¡Ese número sale premiado!

LA PISA BIEN

Don Max desprecia el dinero.

EL CHICO DE LA TABERNA

No le deje usted irse, Don Max.

MAX

Niño, yo hago lo que me da la gana. Pídele para mí la
petaca al amo.

EL CHICO DE LA TABERNA

Don Max, es un capicúa de sietes y cincos.

LA PISA BIEN

¡Que tiene premio, no falla! Pero es menester apoquinar tres
melopeas, y este caballero está afónico. Caballero, me retiro
saludándole. Si quiere usted un nardo, se lo regalo.

MAX

Estáte ahí.

LA PISA BIEN

Me espera un cabrito viudo.

MAX

Que se aguante. Niño, ve a colgarme la capa.

LA PISA BIEN

Por esa pañosa no dan ni los buenos días. Pídale usted las tres beatas a Pica Lagartos.

EL CHICO DE LA TABERNA

Si usted le da coba, las tiene en la mano. Dice que es usted segundo Castelar.

MAX

Dobla la capa y ahueca.

EL CHICO DE LA TABERNA

¿Qué pido?

MAX

Toma lo que quieran darte.

LA PISA BIEN

¡Si no la reciben!

DON LATINO

Calla, mala sombra.

MAX

Niño, huye veloz.

EL CHICO DE LA TABERNA

Como la corza herida, Don Max.

MAX

Eres un clásico.

LA PISA BIEN

Si no te admiten la prenda, dices que es de un poeta.

DON LATINO

El primer poeta de España.

EL BORRACHO

¡Cráneo *previlegiado!*

MAX

Yo nunca tuve talento. ¡He vivido siempre de un modo absurdo!

DON LATINO

No has tenido el talento de saber vivir.

MAX

Mañana me muero y mi mujer y mi hija se quedan haciendo cruces en la boca.

Tosió cavernoso, con las barbas estremecidas, y en los ojos ciegos un vidriado triste, de alcohol y de fiebre.

DON LATINO

No has debido quedarte sin capa.

LA PISA BIEN

Y ese trasto ya no parece. Siquiera, convide usted, Don Max.

MAX

Tome usted lo que guste, Marquesa.

LA PISA BIEN

Una copa de Rute.

DON LATINO

Es la bebida elegante.

LA PISA BIEN

¡Ay! Don Latino, por algo es una la morganática del Rey de Portugal. Don Max, no puedo detenerme, que mi esposo me hace señas desde la acera.

MAX

Invítale a pasar.

Un golfo largo y astroso, que vende periódicos, ríe asomado a la puerta y, como perro que se espulga, se sacude con jaleo de hombros, la cara en una gran risa de viruelas. Es EL REY DE PORTUGAL, *que hace las bellaquerías con Enriqueta* LA PISA BIEN, *Marquesa del Tango.*

LA PISA BIEN

¡Pasa, Manolo!

EL REY DE PORTUGAL

Sal tú fuera.

LA PISA BIEN

¿Es qué temes perder la corona? ¡Entra de incógnito, so pelma!

EL REY DE PORTUGAL

Enriqueta, a ver si te despeino.

LA PISA BIEN

¡Filfa!

EL REY DE PORTUGAL

¡Consideren ustedes que me llama Rey de Portugal para significar que no valgo un chavo! Argumentos de esta golfa desde que fue a Lisboa y se ha enterado del valor de la moneda. Yo, para servir a ustedes, soy Gorito y no está medio bien que mi morganática me señale por el alias.

LA PISA BIEN

¡Calla, chalado!

EL REY DE PORTUGAL

¿Te caminas?

LA PISA BIEN

Aguarda que me beba una copa de Rute. Don Max me la paga.

EL REY DE PORTUGAL

¿Y qué tienes que ver con ese poeta?

LA PISA BIEN

Colaboramos.

EL REY DE PORTUGAL

Pues despacha.

LA PISA BIEN

En cuanto me la mida Pica Lagartos.

PICA LAGARTOS

¿Qué has dicho tú, so golfa?

LA PISA BIEN

¡Perdona, rico!

PICA LAGARTOS

Venancio me llamo.

LA PISA BIEN

¡Tienes un nombre de novela! Anda, mídeme una copa de Rute, y dale a mi esposo un vaso de agua, que está muy acalorado.

MAX

Venancio, no vuelvas a compararme con Castelar. ¡Castelar era un idiota! Dame otro quince.

DON LATINO

Me adhiero a lo del quince y a lo de Castelar.

PICA LAGARTOS

Son ustedes unos doctrinarios. Castelar representa una gloria nacional de España. Ustedes acaso no sepan que mi padre lo sacaba diputado.

LA PISA BIEN

¡Hay que ver!

PICA LAGARTOS

Mi padre era el barbero de Don Manuel Camo. ¡Una gloria nacional de Huesca!

EL BORRACHO

¡Cráneo *previlegiado!*

PICA LAGARTOS

Cállate la boca, Zacarías.

EL BORRACHO

¿Acaso falto?

PICA LAGARTOS

¡Pudieras!

EL BORRACHO

Tiene mucha educación servidorcito.

LA PISA BIEN

¡Como que ha salido usted del Colegio de los Escolapios! ¡Se educó usted con mi papá!

EL BORRACHO

¿Quién es tu papá?

LA PISA BIEN

Un diputado.

EL BORRACHO

Yo he recibido educación en el extranjero.

LA PISA BIEN

¿Viaja usted de incógnito? ¿Por un casual, será usted Don Jaime?

EL BORRACHO

¡Me has sacado por la fotografía!

LA PISA BIEN

¡Naturaca! ¿Y va usted sin una flor en la solapa?

EL BORRACHO

Ven tú a ponérmela.

LA PISA BIEN

Se la pongo a usted y le obsequio con ella.

EL REY DE PORTUGAL

¡Hay que ser caballero, Zacarías! ¡Y hay que mirarse mucho, soleche, antes de meter mano! La Enriqueta es cosa mía.

LA PISA BIEN

¡Calla, bocón!

EL REY DE PORTUGAL

¡Soleche, no seas tú provocativa!

LA PISA BIEN

No introduzcas tú la pata, pelmazo.

EL CHICO DE LA TABERNA *entra con azorado sofoco, atado a la frente un pañuelo con roeles de sangre. Una ráfaga*

de emoción mueve caras y actitudes, todas las figuras, en su
diversidad, pautan una misma norma.

EL CHICO DE LA TABERNA

¡Hay carreras por las calles!

EL REY DE PORTUGAL

¡Viva la huelga de proletarios!

EL BORRACHO

¡Chócala! Anoche lo hemos decidido por votación en la
Casa del Pueblo.

LA PISA BIEN

¡Crispín, te alcanzó un cate!

EL CHICO DE LA TABERNA

¡Un marica de la Acción Ciudadana!

PICA LAGARTOS

¡Niño, sé bien hablado! El propio republicanismo recono-
ce que la propiedad es sagrada. La Acción Ciudadana está
integrada por patronos de todas circunstancias y por los
miembros varones de sus familias. ¡Hay que saber lo que se
dice!

Grupos vocingleros corren por el centro de la calle, con
banderas enarboladas. Entran en la taberna obreros golfan-
tes —blusa, bufanda y alpargata— y mujeronas encendidas,
de arañada greña.

El Rey de Portugal

¡Enriqueta, me hierve la sangre! Si tú no sientes la política, puedes quedarte.

La Pisa Bien

So pelma, yo te sigo a todas partes. ¡Enfermera Honoraria de la Cruz Colorada!

Pica Lagartos

¡Chico, baja el cierre! Se invita a salir al que quiera jaleo.

La florista y el coime salen empujándose, revueltos con otros parroquianos. Corren por la calle tropeles de obreros. Resuena el golpe de muchos cierres metálicos.

El Borracho

¡Vivan los héroes del Dos de Mayo!

Don Latino

¡Niño, qué dinero te han dado?

El Chico de la Taberna

¡Nueve pesetas!

Max

Cóbrate, Venancio. ¡Y tú, trae el décimo, Marquesa!

Don Latino

¡Voló esa pájara!

Max

¡Se lleva el sueño de mi fortuna! ¿Dónde daríamos con esa golfa?

PICA LAGARTOS

Esa ya no se aparta del tumulto.

EL CHICO DE LA TABERNA

Recala en la Modernista.

MAX

Latino, préstame tus ojos para buscar a la Marquesa del Tango.

DON LATINO

Max, dame la mano.

EL BORRACHO

¡Cráneo *previlegiado!*

UNA VOZ

¡Mueran los maricas de la Acción Ciudadana! ¡Abajo los ladrones!

ESCENA CUARTA

Noche. MÁXIMO ESTRELLA *y* DON LATINO DE HISPALIS *tambalean asidos del brazo, por una calle enarenada y solitaria. Faroles rotos, cerradas todas, ventanas y puertas. En la llama de los faroles un igual temblor verde y macilento. La luna sobre el alero de las casas, partiendo la calle por medio. De tarde en tarde, el asfalto sonoro. Un trote épico. Soldados Romanos. Sombras de Guardias.—Se extingue el eco de la patrulla. La Buñolería Modernista entreabre su puerta y una banda de luz parte la acera.* MAX *y* DON LATINO, *borrachos lunáticos, filósofos peripatéticos, bajo la línea luminosa de los faroles, caminan y tambalean.*

MAX

¿Dónde estamos?

DON LATINO

Esta calle no tiene letrero.

MAX

Yo voy pisando vidrios rotos.

DON LATINO

No ha hecho mala cachiza el honrado pueblo.

MAX

¿Qué rumbo consagramos?

DON LATINO

Déjate guiar.

MAX

Condúceme a casa.

DON LATINO

Tenemos abierta La Buñolería Modernista.

MAX

De rodar y beber estoy muerto.

DON LATINO

Un café de recuelo te integra.

MAX

Hace frío, Latino.

DON LATINO

¡Corre un cierto gris...!

MAX

Préstame tu macferlán.

DON LATINO

¡Te ha dado el delirio poético!

MAX

¡Me quedé sin capa, sin dinero y sin lotería!

DON LATINO

Aquí hacemos la captura de la niña Pisa Bien.

La niña PISA BIEN, *despintada, pingona, marchita, se materializa bajo un farol con su pregón de golfa madrileña.*

LA PISA BIEN

¡5775! ¡El número de la suerte! ¡Mañana sale! ¡Lo vendo! ¡Lo vendo! ¡5775!

DON LATINO

¡Acudes al reclamo!

LA PISA BIEN

Y le convido a usted a un café de recuelo.

DON LATINO

Gracias, preciosidad.

LA PISA BIEN

Y a Don Max, a lo que guste. ¡Ya nos ajuntamos los tres tristes trogloditas! Don Max, yo por usted hago la jarra, y muy honrada.

MAX

Dame el décimo y vete al Infierno.

LA PISA BIEN

Don Max, por adelantado decláreme usted en secreto si cameló las tres beatas y si las lleva en el portamonedas.

MAX

¡Pareces hermana de Romanones!

LA PISA BIEN

¡Quién tuviera los miles de ese pirante!

DON LATINO

¡Con sólo la renta de un día, yo me contentaba!

MAX

La Revolución es aquí tan fatal como en Rusia.

DON LATINO

¡Nos moriremos sin verla!

MAX

Pues viviremos muy poco.

LA PISA BIEN

¿Ustedes bajaron hasta la Cibeles? Allí ha sido la faena entre los manifestantes y los Polis Honorarios. A alguno le hemos dado mulé.

DON LATINO

Todos los amarillos debían ser arrastrados.

LA PISA BIEN

¡Conforme! Y aquel momento que usted no tenga ocupaciones urgentes, nos ponemos a ello, Don Latino.

MAX

Dame ese capicúa, Enriqueta.

LA PISA BIEN

Venga el parné y tenga usted su suerte.

MAX

La propina, cuando cobre el premio.

LA PISA BIEN

¡No mira eso la Enriqueta!

La Buñolería entreabre su puerta y del antro apestoso de aceite van saliendo deshilados, uno a uno, en fila india, los Epígonos del Parnaso Modernista: RAFAEL DE LOS VÉLEZ, DORIO DE GADEX, LUCIO VERO, MÍNGUEZ, GÁLVEZ, CLARINITO y PÉREZ.—*Unos son largos, tristes y flacos, otros vivaces, chaparros y carillenos.* DORIO DE GADEX, *jovial como un trasgo, irónico como un ateniense, ceceoso como un cañí, mima su saludo versallesco y grotesco.*

DORIO DE GADEX

¡Padre y Maestro Mágico, salud!

MAX

¡Salud, Don Dorio!

DORIO DE GADEX

¡Maestro, usted no ha temido el rebuzno libertario del honrado pueblo!

MAX

¡El épico rugido del mar! ¡Yo me siento pueblo!

DORIO DE GADEX

¡Yo, no!

MAX

¡Porque eres un botarate!

DORIO DE GADEX

¡Maestro, pongámonos el traje de luces de la cortesía! ¡Maestro, usted tampoco se siente pueblo! Usted es un poeta, y los poetas somos aristocracia. Como dice Ibsen, las multitudes y las montañas se unen siempre por la base.

MAX

¡No me aburras con Ibsen!

PÉREZ

¿Se ha hecho usted crítico de teatros, Don Max?

DORIO DE GADEX

¡Calla, Pérez!

DON LATINO

Aquí sólo hablan los genios.

MAX

Yo me siento pueblo. Yo había nacido para ser tribuno de la plebe y me acanallé perpetrando traducciones y haciendo versos. ¡Eso sí, mejores que los hacéis los modernistas!

DORIO DE GADEX

Maestro, preséntese usted a un sillón de la Academia.

MAX

No lo digas en burla, idiota. ¡Me sobran méritos! Pero esa prensa miserable me boicotea. Odian mi rebeldía y odian mi talento. Para medrar hay que ser agradador de todos los Segismundos. ¡El Buey Apis me despide como a un criado! ¡La Academia me ignora! ¡Y soy el primer poeta de España! ¡El primero! ¡El primero! ¡Y ayuno! ¡Y no me humillo pidiendo limosna! ¡Y no me parte un rayo! ¡Yo soy el verdadero inmortal, y no esos cabrones del cotarro académico! ¡Muera Maura!

LOS MODERNISTAS

¡Muera! ¡Muera! ¡Muera!

CLARINITO

Maestro, nosotros los jóvenes impondremos la candidatura de usted para un sillón de la Academia.

DORIO DE GADEX

Precisamente ahora está vacante el sillón de Don Benito el Garbancero.

MAX

Nombrarán al Sargento Basallo.

DORIO DE GADEX

¿Maestro, usted conoce los Nuevos Gozos del Enano de la Venta? ¡Un Jefe de Obra! Ayer de madrugada los cantamos en la Puerta del Sol. ¡El éxito de la temporada!

CLARINITO

¡Con decir que salió el retén de Gobernación!

LA PISA BIEN

¡Ni Rafael el Gallo!

DON LATINO

Deben ustedes ofrecerle una audición al Maestro.

DORIO DE GADEX

Don Latino, ni una palabra más.

PÉREZ

Usted cantará con nosotros, Don Latino.

DON LATINO

Yo doy una nota más baja que el cerdo.

DORIO DE GADEX

Usted es un clásico.

DON LATINO

¿Y qué hace un clásico en el tropel de ruiseñores modernistas? ¡Niños, a ello!

DORIO DE GADEX, *feo, burlesco y chepudo, abre los brazos, que son como alones sin plumas en el claro lunero.*

DORIO DE GADEX

El Enano de la Venta.

CORO DE MODERNISTAS

¡Cuenta! ¡Cuenta! ¡Cuenta!

DORIO DE GADEX

Con bravatas de valiente.

CORO DE MODERNISTAS

¡Miente! ¡Miente! ¡Miente!

DORIO DE GADEX

Quiere gobernar la Harca.

CORO DE MODERNISTAS

¡Charca! ¡Charca! ¡Charca!

DORIO DE GADEX

Y es un Tartufo Malsín.

CORO DE MODERNISTAS

¡Sin! ¡Sin! ¡Sin!

DORIO DE GADEX

Sin un adarme de seso.

Coro de Modernistas

¡Eso! ¡Eso! ¡Eso!

Dorio de Gadex

Pues tiene hueca la bola.

Coro de Modernistas

¡Chola! ¡Chola! ¡Chola!

Dorio de Gadex

Pues tiene la chola hueca.

Coro de Modernistas

¡Eureka! ¡Eureka! ¡Eureka!

Gran interrupción. Un trote épico, y la patrulla de Solda-dos Romanos desemboca por una calle traviesa. Traen la luna sobre los cascos y en los charrascos. Suena un toque de aten-ción y se cierra con golpe pronto la puerta de la Buñolería. PITITO, capitán de los équites municipales, se levanta sobre los estribos.

El Capitán Pitito

¡Mentira parece que sean ustedes intelectuales y que pro-muevan estos escándalos! ¿Qué dejan ustedes para los anal-fabetos?

Max

¡Eureka! ¡Eureka! ¡Eureka! ¡Pico de Oro! En griego, para mayor claridad, Crisóstomo. ¡Señor Centurión, usted hablará el griego en sus cuatro dialectos!

EL CAPITÁN PITITO

¡Por borrachín, a la Delega!

MAX

Y más chulo que un ocho. ¡Señor Centurión, yo también chanelo el sermo vulgaris!

EL CAPITÁN PITITO

¡Serenooo...! ¡Serenooo...!

EL SERENO

¡Vaaa...!

EL CAPITÁN PITITO

¡Encárguese usted de este curda!

Llega EL SERENO *meciendo a compás el farol y el chuzo. Jadeos y vahos de aguardiente.* EL CAPITÁN PITITO *revuelve el caballo: Vuelan chispas de las herraduras. Resuena el trote sonoro de la patrulla que se aleja.*

EL CAPITÁN PITITO

¡Me responde usted de ese hombre, Sereno!

EL SERENO

¿Habrá que darle amoníaco?

EL CAPITÁN PITITO

Habrá que darle para el pelo.

EL SERENO

¡Está bien!

DON LATINO

Max, convídale a una copa. Hay que domesticar a este troglodita asturiano.

MAX

Estoy apré.

DON LATINO

¿No te queda nada?

MAX

¡Ni una perra!

EL SERENO

Camine usted.

MAX

Soy ciego.

EL SERENO

¿Quiere usted que un servidor le vuelva la vista?

MAX

¿Eres Santa Lucía?

EL SERENO

¡Soy autoridad!

MAX

No es lo mismo.

EL SERENO

Pudiera serlo. Camine usted.

MAX

Ya he dicho que soy ciego.

EL SERENO

Usted es un anárquico y estos sujetos de las melenas: ¡Viento! ¡Viento! ¡Viento! ¡Mucho viento!

DON LATINO

¡Una galerna!

EL SERENO

¡Atrás!

VOCES DE LOS MODERNISTAS

¡Acompañamos al Maestro! ¡Acompañamos al Maestro!

UN VECINO

¡Pepeee! ¡Pepeee!

EL SERENO

¡Vaaa! Retírense ustedes sin manifestación.

Golpea con el chuzo en la puerta de la Buñolería. Asoma el buñolero, un hombre gordo con delantal blanco: Se infor-

ma, se retira musitando y a poco salen adormilados, ciñén-
dose el correaje dos Guardias Municipales.

UN GUARDIA

¿Qué hay?

EL SERENO

Este punto para la Delega.

EL OTRO GUARDIA

Nosotros vamos al relevo. Lo entregaremos en Gobernación.

EL SERENO

Donde la duerma.

EL VECINO

¡Pepeee! ¡Pepeee!

EL SERENO

¡Otro curda!—¡Vaaa!—Sus lo entrego.

LOS DOS GUARDIAS

Ustedes, caballeros, retírense.

DORIO DE GADEX

Acompañamos al Maestro.

UN GUARDIA

¡Ni que se llamase este curda Don Mariano de Cavia! ¡Ese
sí que es cabeza! ¡Y cuanto más curda, mejor lo saca!

EL OTRO GUARDIA

¡Por veces también se pone pelma!

DON LATINO

¡Y faltón!

UN GUARDIA

¿Usted, por lo que habla, le conoce?

DON LATINO

Y le tuteo.

EL OTRO GUARDIA

¿Son ustedes periodistas?

DORIO DE GADEX

¡Lagarto! ¡Lagarto!

LA PISA BIEN

Son banqueros.

UN GUARDIA

Si quieren acompañar a su amigo, no se oponen las leyes y hasta lo permiten, pero deberán guardar moderación ustedes. Yo respeto mucho el talento.

El otro Guardia

Caminemos.

Max

Latino, dame la mano. ¡Señores guardias, ustedes me perdonarán que sea ciego!

Un Guardia

Sobra tanta política.

Don Latino

¿Qué ruta consagramos?

Un Guardia

Al Ministerio de la Gobernación.

El otro Guardia

¡Vivo! ¡Vivo!

Max

¡Muera Maura! ¡Muera el Gran Fariseo!

Coro de Modernistas

¡Muera! ¡Muera! ¡Muera!

MAX

Muera el judío y toda su execrable parentela.

UN GUARDIA

¡Basta de voces! ¡Cuidado con el poeta curda! ¡Se la está ganando, me caso en Sevilla!

EL OTRO GUARDIA

A este habrá que darle para el pelo. Lo cual que sería lástima, porque debe ser hombre de mérito.

ESCENA QUINTA

Zaguán en el Ministerio de la Gobernación. Estantería con legajos. Bancos al filo de la pared. Mesa con carpetas de badana mugrienta. Aire de cueva y olor frío de tabaco rancio. Guardias soñolientos. Policías de la Secreta.—Hongos, garrotes, cuellos de celuloide, grandes sortijas, lunares rizosos y flamencos.—Hay un viejo chabacano —bisoñé y manguitos de percalina— que escribe y un pollo chulapón de peinado reluciente, con brisas de perfumería, que se pasea y dicta humeando un veguero. DON SERAFÍN, le dicen sus obligados, y la voz de la calle SERAFÍN EL BONITO.—Leve tumulto. Dando voces, la cabeza desnuda, humorista y lunático, irrumpe MAX ESTRELLA.—DON LATINO le guía por la manga, implorante y suspirante. Detrás asoman los cascos de los Guardias. Y en el corredor se agrupan, bajo la luz de una candileja, pipas, chalinas y melenas del modernismo.

MAX

¡Traigo detenida una pareja de guindillas! Estaban emborrachándose en una tasca y los hice salir a darme escolta.

SERAFÍN EL BONITO

Corrección, señor mío.

Max

No falto a ella, señor Delegado.

Serafín el Bonito

Inspector.

Max

Todo es uno y lo mismo.

Serafín el Bonito

¿Cómo se llama usted?

Max

Mi nombre es Máximo Estrella. Mi seudónimo Mala Estrella. Tengo el honor de no ser Académico.

Serafín el Bonito

Está usted propasándose. ¿Guardias, por qué viene detenido?

Un Guardia

Por escándalo en la vía pública y gritos internacionales. ¡Está algo briago!

Serafín el Bonito

¿Su profesión?

Max

Cesante.

SERAFÍN EL BONITO

¿En qué oficina ha servido usted?

MAX

En ninguna.

SERAFÍN EL BONITO

¿No ha dicho usted que cesante?

MAX

Cesante de hombre libre y pájaro cantor. ¿No me veo vejado, vilipendiado, encarcelado, cacheado e interrogado?

SERAFÍN EL BONITO

¿Dónde vive usted?

MAX

Bastardillos. Esquina a San Cosme. Palacio.

UN GUINDILLA

Diga usted casa de vecinos. Mi señora, cuando aún no lo era, habitó un sotabanco de esa susodicha finca.

MAX

Donde yo vivo, siempre es un palacio.

EL GUINDILLA

No lo sabía.

MAX

Porque tú, gusano burocrático, no sabes nada. ¡Ni soñar!

SERAFÍN EL BONITO

¡Queda usted detenido!

MAX

¡Bueno! ¿Latino, hay algún banco donde pueda echarme a dormir?

SERAFÍN EL BONITO

Aquí no se viene a dormir.

MAX

¡Pues yo tengo sueño!

SERAFÍN EL BONITO

¡Está usted desacatando mi autoridad! ¿Sabe usted quién soy yo?

MAX

¡Serafín el Bonito!

SERAFÍN EL BONITO

¡Como usted repita esa gracia, de una bofetada, le doblo!

MAX

¡Ya se guardará usted del intento! ¡Soy el primer poeta de España! ¡Tengo influencia en todos los periódicos! ¡Conozco al Ministro! ¡Hemos sido compañeros!

SERAFÍN EL BONITO

El Señor Ministro no es un golfo.

MAX

Usted desconoce la Historia Moderna.

SERAFÍN EL BONITO

¡En mi presencia no se ofende a Don Paco! Eso no lo tolero. ¡Sepa usted que Don Paco es mi padre!

MAX

No lo creo. Permítame usted que se lo pregunte por teléfono.

SERAFÍN EL BONITO

Se lo va usted a preguntar desde el calabozo.

DON LATINO

¡Señor Inspector, tenga usted alguna consideración! ¡Se trata de una gloria nacional! ¡El Víctor Hugo de España!

SERAFÍN EL BONITO

Cállese usted.

DON LATINO

Perdone usted mi entrometimiento.

SERAFÍN EL BONITO

¡Si usted quiere acompañarle, también hay para usted alojamiento!

DON LATINO

¡Gracias, Señor Inspector!

SERAFÍN EL BONITO

Guardias, conduzcan ustedes ese curda al Número 2.

UN GUARDIA

¡Camine usted!

MAX

No quiero.

SERAFÍN EL BONITO

Llévenle ustedes a rastras.

OTRO GUARDIA

¡So golfo!

MAX

¡Que me asesinan! ¡Que me asesinan!

UNA VOZ MODERNISTA

¡Bárbaros!

DON LATINO

¡Que es una gloria nacional!

SERAFÍN EL BONITO

Aquí no se protesta. Retírense ustedes.

OTRA VOZ MODERNISTA

¡Viva la Inquisición!

SERAFÍN EL BONITO

¡Silencio, o todos quedan detenidos!

MAX

¡Que me asesinan! ¡Que me asesinan!

LOS GUARDIAS

¡Borracho! ¡Golfo!

EL GRUPO MODERNISTA

¡Hay que visitar las Redacciones!

*Sale en tropel el grupo.—Chalinas flotantes, pipas apaga-
das, románticas greñas. Se oyen estallar las bofetadas y las
voces tras la puerta del calabozo.*

SERAFÍN EL BONITO

¡Creerán esos niños modernistas que aquí se reparten cara-
melos!

ESCENA SEXTA

*El calabozo. Sótano mal alumbrado por una candileja. En la
sombra, se mueve el bulto de un hombre.—Blusa, tapabocas
y alpargatas.—Pasea hablando solo. Repentinamente se abre
la puerta.* MAX ESTRELLA, *empujado y trompicando, rueda
al fondo del calabozo. Se cierra de golpe la puerta.*

MAX

¡Canallas! ¡Asalariados! ¡Cobardes!

VOZ FUERA

¡Aún vas a llevar mancuerda!

MAX

¡Esbirro!

*Sale de la tiniebla el bulto del hombre morador del ca-
labozo. Bajo la luz se le ve esposado, con la cara llena de
sangre.*

EL PRESO

¡Buenas noches!

MAX

¿No estoy solo?

EL PRESO

Así parece.

MAX

¿Quién eres, compañero?

EL PRESO

Un paria.

MAX

¿Catalán?

EL PRESO

De todas partes.

MAX

¡Paria!... Solamente los obreros catalanes aguijan su rebeldía con ese denigrante epíteto. Paria, en bocas como la tuya, es una espuela. Pronto llegará vuestra hora.

EL PRESO

Tiene usted luces que no todos tienen. Barcelona alimenta una hoguera de odio, soy obrero barcelonés y a orgullo lo tengo.

MAX

¿Eres anarquista?

EL PRESO

Soy lo que me han hecho las Leyes.

MAX

Pertenecemos a la misma Iglesia.

EL PRESO

Usted lleva chalina.

MAX

¡El dogal de la más horrible servidumbre! Me lo arrancaré, para que hablemos.

EL PRESO

Usted no es proletario.

MAX

Yo soy el dolor de un mal sueño.

EL PRESO

Parece usted hombre de luces. Su hablar es como de otros tiempos.

MAX

Yo soy un poeta ciego.

EL PRESO

¡No es pequeña desgracia...! En España el trabajo y la inteligencia siempre se han visto menospreciados. Aquí todo lo manda el dinero.

MAX

Hay que establecer la guillotina eléctrica en la Puerta del Sol.

EL PRESO

No basta. El ideal revolucionario tiene que ser la destrucción de la riqueza, como en Rusia. No es suficiente la degollación de todos los ricos: Siempre aparecerá un heredero, y aun cuando se suprima la herencia, no podrá evitarse que los despojados conspiren para recobrarla. Hay que hacer imposible el orden anterior, y eso sólo se consigue destruyendo la riqueza. Barcelona industrial tiene que hundirse para renacer de sus escombros con otro concepto de la propiedad y del trabajo. En Europa, el patrono de más negra entraña es el catalán, y no digo del mundo porque existen las Colonias Españolas de América. ¡Barcelona solamente se salva pereciendo!

MAX

¡Barcelona es cara a mi corazón!

EL PRESO

¡Yo también la recuerdo!

MAX

Yo le debo los únicos goces en la lobreguez de mi ceguera. Todos los días un patrono muerto, algunas veces, dos... Eso consuela.

EL PRESO

No cuenta usted los obreros que caen.

MAX

Los obreros se reproducen populosamente, de un modo comparable a las moscas. En cambio los patronos, como los elefantes, como todas las bestias poderosas y prehistóricas, procrean lentamente. Saulo, hay que difundir por el mundo la religión nueva.

EL PRESO

Mi nombre es Mateo.

MAX

Yo te bautizo Saulo. Soy poeta y tengo el derecho al alfabeto. Escucha para cuando seas libre, Saulo: Una buena cacería puede encarecer la piel de patrono catalán por encima del marfil de Calcuta.

EL PRESO

En ello laboramos.

MAX

Y en último consuelo, aun cabe pensar que exterminando al proletario, también se extermina al patrón.

EL PRESO

Acabando con la ciudad, acabaremos con el judaísmo barcelonés.

MAX

No me opongo. Barcelona semita sea destruida, como Cartago y Jerusalén. *¡Alea iacta est!* Dame la mano.

El Preso

Estoy esposado.

Max

¿Eres joven? No puedo verte.

El Preso

Soy joven: Treinta años.

Max

¿De qué te acusan?

El Preso

Es cuento largo. Soy tachado de rebelde... No quise dejar el telar por ir a la guerra y levanté un motín en la fábrica. Me denunció el patrón, cumplí condena, recorrí el mundo buscando trabajo, y ahora voy por tránsitos, reclamado de no sé qué jueces. Conozco la suerte que me espera: Cuatro tiros por intento de fuga. Bueno. Si no es más que eso.

Max

¿Pues qué temes?

El Preso

Que se diviertan dándome tormento.

Max

¡Bárbaros!

El Preso

Hay que conocerlos.

MAX

Canallas. ¡Y esos son los que protestan de la leyenda negra!

EL PRESO

Por siete pesetas, al cruzar un lugar solitario, me sacarán la vida los que tienen a su cargo la defensa del pueblo. ¡Y a esto llaman justicia los ricos canallas!

MAX

Los ricos y los pobres, la barbarie ibérica es unánime.

EL PRESO

¡Todos!

MAX

¡Todos! ¿Mateo, dónde está la bomba que destripe el terrón maldito de España?

EL PRESO

¡Señor poeta, que tanto adivina, no ha visto usted una mano levantada?

Se abre la puerta del calabozo y EL LLAVERO, *con jactancia de rufo, ordena al preso maniatado que le acompañe.*

EL LLAVERO

¡Tú, catalán, disponte!

EL PRESO

Estoy dispuesto.

EL LLAVERO

Pues andando. Gachó, vas a salir en viaje de recreo.

El esposado, con resignada entereza, se acerca al ciego y le toca el hombro con la barba: Se despide hablando a media voz.

EL PRESO

Llegó la mía... Creo que no volveremos a vernos...

MAX

¡Es horrible!

EL PRESO

Van a matarme... ¿Qué dirá mañana esa Prensa canalla?

MAX

Lo que le manden.

EL PRESO

¿Está usted llorando?

MAX

De impotencia y de rabia. Abracémonos, hermano.

Se abrazan. El carcelero y el esposado salen. Vuelve a cerrarse la puerta. MAX ESTRELLA *tantea buscando la pared, y se sienta con las piernas cruzadas, en una actitud religiosa, de meditación asiática. Exprime un gran dolor taciturno el bulto del poeta ciego. Llega de fuera tumulto de voces y galopar de caballos.*

ESCENA SÉPTIMA

La Redacción de El Popular: *Sala baja con piso de baldosas: En el centro, una mesa larga y negra, rodeada de sillas vacías, que marcan los puestos, ante roídas carpetas y rimeros de cuartillas que destacan su blancura en el círculo luminoso y verdoso de una lámpara con enagüillas. Al extremo fuma y escribe un hombre calvo, el eterno redactor del perfil triste, el gabán con flecos, los dedos de gancho y las uñas entintadas. El hombre lógico y mítico enciende el cigarro apagado. Se abre la mampara y el grillo de un timbre rasga el silencio. Asoma* EL CONSERJE, *vejete renegado, bigotudo, tripón, parejo de aquellos bizarros coroneles que en las procesiones se caen del caballo. Un enorme parecido que extravaga.*

EL CONSERJE

Ahí está Don Latino de Hispalis, con otros capitalistas de su cuerda. Vienen preguntando por el Señor Director. Les he dicho que solamente estaba usted en la casa. ¿Los recibe usted, Don Filiberto?

DON FILIBERTO

Que pasen.

Sigue escribiendo. EL CONSERJE *sale y queda batiente la verde mampara que proyecta un recuerdo de garitos y nai-*

pes. Entra el cotarro modernista, greñas, pipas, gabanes
repelados y alguna capa. El periodista calvo levanta los an-
teojos a la frente, requiere el cigarro y se da importancia.

DON FILIBERTO

¡Caballeros y hombres buenos, adelante! ¿Ustedes me dirán
lo que desean de mí y del *Journal?*

DON LATINO

¡Venimos a protestar contra un indigno atropello de la Policía! Max Estrella, el gran poeta, aun cuando muchos se nie-
guen a reconocerlo, acaba de ser detenido y maltratado bru-
talmente en un sótano del Ministerio de la Desgobernación.

DORIO DE GADEX

En España sigue reinando Carlos II.

DON FILIBERTO

¡Válgame un santo de palo! ¿Nuestro gran poeta estaría
curda?

DON LATINO

Una copa de más no justifica esa violación de los derechos
individuales.

DON FILIBERTO

Max Estrella también es amigo nuestro. ¡Válgame un santo de palo! El Señor Director, cuando a esta hora falta, ya no
viene... Ustedes conocen cómo se hace un periódico. ¡El
Director es siempre un tirano...! Yo, sin consultarle, no me
decido a recoger en nuestras columnas la protesta de ustedes.

Desconozco la política del periódico con la Dirección de Seguridad... Y el relato de ustedes, francamente, me parece un poco exagerado.

DORIO DE GADEX

¡Es pálido, Don Filiberto!

CLARINITO

¡Una cobardía!

PÉREZ

¡Una vergüenza!

DON LATINO

¡Una canallada!

DORIO DE GADEX

¡En España reina siempre Felipe II!

DON LATINO

¡Dorio, hijo mío, no nos anonades!

DON FILIBERTO

¡Juventud! ¡Noble apasionamiento! ¡Divino tesoro, como dijo el vate de Nicaragua! ¡Juventud, divino tesoro! Yo también leo, y algunas veces admiro a los genios del modernismo. El Director bromea que estoy contagiado. ¿Alguno de ustedes ha leído el cuento que publiqué en *Los Orbes?*

CLARINITO

¡Yo, Don Filiberto! Leído y admirado.

DON FILIBERTO

¿Y usted, amigo Dorio?

DORIO DE GADEX

Yo nunca leo a mis contemporáneos, Don Filiberto.

DON FILIBERTO

¡Amigo Dorio, no quiero replicarle que también ignora a los clásicos!

DORIO DE GADEX

A usted y a mí nos rezuma el ingenio, Don Filiberto. En el cuello del gabán llevamos las señales.

DON FILIBERTO

Con esa alusión a la estética de mi indumentaria, se me ha revelado usted como un joven esteta.

DORIO DE GADEX

¡Es usted corrosivo, Don Filiberto!

DON FILIBERTO

¡Usted me ha buscado la lengua!

DORIO DE GADEX

¡A eso no llego!

CLARINITO

Dorio, no hagas chistes de primero de latín.

Don Filiberto

Amigo Dorio, tengo alguna costumbre de estas cañas y lanzas del ingenio. Son las justas del periodismo. No me refiero al periodismo de ahora. Con Silvela he discreteado en un banquete, cuando me premiaron en los Juegos Florales de Málaga la Bella. Narciso Díaz aún recordaba poco hace aquel torneo en una crónica de *El Heraldo*. Una crónica deliciosa, como todas las suyas, y reconocía que no había yo llevado la peor parte. Citaba mi definición del periodismo. ¿Ustedes la conocen? Se la diré, sin embargo. El periodista es el plumífero parlamentario. El Congreso es una gran redacción, y cada redacción un pequeño Congreso. El periodismo es travesura, lo mismo que la política. Son el mismo círculo en diferentes espacios. Teosóficamente podría explicárselo a ustedes, si estuviesen ustedes iniciados en la noble Doctrina del Karma.

Dorio de Gadex

Nosotros no estamos iniciados, pero quien chanela algo es Don Latino.

Don Latino

¡Más que algo, niño, más que algo! Ustedes no conocen la cabalatrina de mi seudónimo: Soy Latino por las aguas del bautismo: Soy Latino por mi nacimiento en la bética Hispalis, y Latino por dar mis murgas en el Barrio Latino de París. Latino, en lectura cabalística, se resuelve en una de las palabras mágicas: Onital. Usted, Don Filiberto, también toca algo en el magismo y la cábala.

Don Filiberto

No confundamos. Eso es muy serio, Don Latino. ¡Yo soy teósofo!

DON LATINO

¡Yo no sé lo que soy!

DON FILIBERTO

Lo creo.

DORIO DE GADEX

Un golfo madrileño.

DON LATINO

Dorio, no malgastes el ingenio, que todo se acaba. Entre amigos basta con sacar la petaca, se queda mejor. ¡Vaya, dame un pito!

DORIO DE GADEX

No fumo.

DON FILIBERTO

¡Otro vicio tendrá usted!

DORIO DE GADEX

Estupro criadas.

DON FILIBERTO

¿Es agradable?

DORIO DE GADEX

Tiene sus encantos, Don Filiberto.

DON FILIBERTO

¿Será usted padre innúmero?

DORIO DE GADEX

Las hago abortar.

DON FILIBERTO

¡También infanticida!

PÉREZ

Un cajón de sastre.

DORIO DE GADEX

¡Pérez, no metas la pata! Don Filiberto, un servidor es neo-
maltusiano.

DON FILIBERTO

¿Lo pone usted en las tarjetas?

DORIO DE GADEX

Y tengo un anuncio luminoso en casa.

DON LATINO

Y así, revertiéndonos la olla vacía, los españoles nos con-
solamos del hambre y de los malos gobernantes.

DORIO DE GADEX

Y de los malos cómicos, y de las malas comedias, y del ser-
vicio de tranvías y del adoquinado.

PÉREZ

¡Eres un iconoclasta!

Dorio de Gadex

Pérez, escucha respetuosamente y calla.

Don Filiberto

En España podrá faltar el pan, pero el ingenio y el buen humor no se acaban.

Dorio de Gadex

¿Sabe usted quién es nuestro primer humorista, Don Filiberto?

Don Filiberto

Ustedes los iconoclastas dirán, quizá, que Don Miguel de Unamuno.

Dorio de Gadex

¡No, señor! El primer humorista es Don Alfonso XIII.

Don Filiberto

Tiene la viveza madrileña y borbónica.

Dorio de Gadex

El primer humorista, Don Filiberto. ¡El primero! Don Alfonso ha batido el récord haciendo presidente del Consejo a García Prieto.

Don Filiberto

Aquí, joven amigo, no se pueden proferir esas blasfemias. Nuestro periódico sale inspirado por Don Manuel García Prieto. Reconozco que no es un hombre brillante, que no es un

orador, pero es un político serio. En fin, volvamos al caso de
nuestro amigo Mala Estrella. Yo podría telefonear a la Secretaría Particular del Ministro: Está en ella un muchacho que
hizo aquí tribunales. Voy a pedir comunicación. ¡Válgame un
santo de palo! Mala Estrella es uno de los maestros y merece
alguna consideración. ¿Qué dejan esos caballeros para los
chulos y los guapos? ¡La gentuza de navaja! ¿Mala Estrella
se hallaría como de costumbre...?

DON LATINO

Iluminado.

DON FILIBERTO

¡Es deplorable!

DON LATINO

Hoy no pasaba de lo justo. Yo le acompañaba. ¡Cuente
usted! ¡Amigos desde París! ¿Usted conoce París? Yo fui a
París con la Reina Doña Isabel. Escribí entonces en defensa
de la Señora. Traduje algunos libros para la Casa Garnier. Fui
redactor financiero de *La Lira Hispano-Americana:* ¡Una gran
revista! Y siempre mi seudónimo Latino de Hispalis.

Suena el timbre del teléfono. DON FILIBERTO, *el periodista calvo y catarroso, el hombre lógico y mítico de todas las
redacciones, pide comunicación con el Ministerio de Gobernación, Secretaría Particular. Hay un silencio. Luego mur-
mullos, leves risas, algún chiste en voz baja.* DORIO DE
GADEX *se sienta en el sillón del Director, pone sobre la mesa
sus botas rotas y lanza un suspiro.*

DORIO DE GADEX

Voy a escribir el artículo de fondo, glosando el discurso de
nuestro jefe: «¡Todas las fuerzas vivas del país están muer-

tas!», exclamaba aun ayer en un magnífico arranque oratorio
nuestro amigo el ilustre Marqués de Alhucemas. Y la Cáma-
ra, completamente subyugada, aplaudía la profundidad del concepto, no más profundo que aquel otro: «Ya se van alejando
los escollos.» Todos los cuales se resumen en el supremo após-
trofe: «Santiago y abre España, a la libertad y al progreso.»

DON FILIBERTO *suelta la trompetilla del teléfono y viene
al centro de la sala, cubriéndose la calva con las manos ama-
rillas y entintadas: ¡Manos de esqueleto memorialista en el
día bíblico del Juicio Final!*

DON FILIBERTO

¡Esa broma es intolerable! ¡Baje usted los pies! ¡Dónde se
ha visto igual grosería!

DORIO DE GADEX

En el Senado Yanqui.

DON FILIBERTO

¡Me ha llenado usted la carpeta de tierra!

DORIO DE GADEX

Es mi lección de filosofía. ¡Polvo eres y en polvo te con-
vertirás!

DON FILIBERTO

¡Ni siquiera sabe usted decirlo en latín! ¡Son ustedes unos
niños procaces!

CLARINITO

Don Filiberto, nosotros no hemos faltado.

DON FILIBERTO

Ustedes han celebrado la gracia, y la risa en este caso es otra procacidad. ¡La risa de lo que está muy por encima de ustedes! Para ustedes no hay nada respetable: ¡Maura es un charlatán!

DORIO DE GADEX

¡El Rey del Camelo!

DON FILIBERTO

¡Benlliure un santi boni barati!

DORIO DE GADEX

Dicho en valenciano.

DON FILIBERTO

Cavestany, el gran poeta, un coplero.

DORIO DE GADEX

Profesor de guitarra por cifra.

DON FILIBERTO

¡Qué de extraño tiene que mi ilustre jefe les parezca un mamarracho!

DORIO DE GADEX

Un yerno más.

DON FILIBERTO

Para ustedes en nuestra tierra no hay nada grande, nada digno de admiración. ¡Les compadezco! ¡Son ustedes bien desgraciados! ¡Ustedes no sienten la Patria!

DORIO DE GADEX

Es un lujo que no podemos permitirnos. Espere usted que tengamos automóvil, Don Filiberto.

DON FILIBERTO

¡Ni siquiera pueden ustedes hablar en serio! Hay alguno de ustedes, de los que ustedes llaman maestros, que se atreve a gritar viva la bagatela. ¡Y eso no en el café, no en la tertulia de amigos, sino en la tribuna de la Docta Casa! ¡Y eso no puede ser, caballeros! Ustedes no creen en nada: Son iconoclastas y son cínicos. Afortunadamente hay una juventud que no son ustedes, una juventud estudiosa, una juventud preocupada, una juventud llena de civismo.

DON LATINO

Protesto, si se refiere usted a los niños de la Acción Ciudadana. Siquiera estos modernistas, llamémosles golfos distinguidos, no han llegado a ser policías honorarios. A cada cual lo suyo. ¿Y parece ser que esta tarde mataron a uno de esos pollos de gabardina? ¿Usted tendrá noticias?

DON FILIBERTO

Era un pollo relativo. Sesenta años.

DON LATINO

Bueno, pues que lo entierren. ¡Que haya un cadáver más, sólo importa a la funeraria!

Rompe a sonar el timbre del teléfono. DON FILIBERTO *toma la trompetilla y comienza una pantomima de cabeceos, apartes y gritos. Mientras escucha con el cuello torcido y la trompetilla en la oreja, esparce la mirada por la sala, vigi-*

lando a los jóvenes modernistas. Al colgar la trompetilla tie-
ne una expresión candorosa de conciencia honrada. Reapa-
rece el teósofo, en su sonrisa plácida, en el marfil de sus sie-
nes, en toda la ancha redondez de su calva.

Don Filiberto

Ya está transmitida la orden de poner en libertad a nuestro
amigo Estrella. Aconséjenle ustedes que no beba. Tiene
talento. Puede hacer mucho más de lo que hace. Y ahora
váyanse y déjenme trabajar. Tengo que hacerme solo todo el
periódico.

ESCENA OCTAVA

Secretaría Particular de Su Excelencia. Olor de brevas habanas, malos cuadros, lujo aparente y provinciano. La estancia tiene un recuerdo partido por medio, de oficina y sala de círculo con timba. De repente el grillo del teléfono se orina en el gran regazo burocrático. Y DIEGUITO GARCÍA *—Don Diego del Corral, en la* Revista de Tribunales y Estrados— *pega tres brincos y se planta la trompetilla en la oreja.*

DIEGUITO

¿Con quién hablo?

. . . .

Ya he transmitido la orden para que se le ponga en libertad.

. . . .

¡De nada! ¡De nada!

. . . .

¡Un alcohólico!

. . . .

Sí... Conozco su obra.

. . . .

¡Una desgracia!

. . . .

No podrá ser. ¡Aquí estamos sin un cuarto!

. . . .

Se lo diré. Tomo nota.

. . . .

¡De nada! ¡De nada!

MAX ESTRELLA *aparece en la puerta, pálido, arañado, la corbata torcida, la expresión altanera y alocada. Detrás, abotonándose los calzones, aparece* EL UJIER.

EL UJIER

Deténgase usted, caballero.

MAX

No me ponga usted la mano encima.

EL UJIER

Salga usted sin hacer desacato.

MAX

Anúncieme usted al Ministro.

EL UJIER

No está visible.

MAX

¡Ah! Es usted un gran lógico. Pero estará audible.

EL UJIER

Retírese, caballero. Estas no son horas de audiencia.

MAX

Anúncieme usted.

EL UJIER

Es la orden... Y no vale ponerse pelmazo, caballero.

DIEGUITO

Fernández, deje usted a ese caballero que pase.

MAX

¡Al fin doy con un indígena civilizado!

DIEGUITO

Amigo Mala Estrella, usted perdonará que sólo un momento me ponga a sus órdenes. Me habló por usted la Redacción de *El Popular.* Allí le quieren a usted. A usted le quieren y le admiran en todas partes. Usted me deja mandado aquí y donde sea. No me olvide... ¡Quién sabe...! Yo tengo la nostalgia del periodismo... Pienso hacer algo... Hace tiempo acaricio la idea de una hoja volandera, un periódico ligero, festivo, espuma de champaña, fuego de virutas. Cuento con usted. Adiós, Maestro. ¡Deploro que la ocasión de conocernos haya venido de suceso tan desagradable!

MAX

De eso vengo a protestar. ¡Tienen ustedes una policía reclutada entre la canalla más canalla!

DIEGUITO

Hay de todo, Maestro.

MAX

No discutamos. Quiero que el Ministro me oiga y al mismo tiempo darle las gracias por mi libertad.

DIEGUITO

El Señor Ministro no sabe nada.

MAX

Lo sabrá por mí.

DIEGUITO

El Señor Ministro ahora trabaja. Sin embargo, voy a entrar.

MAX

Y yo con usted.

DIEGUITO

¡Imposible!

MAX

¡Daré un escándalo!

DIEGUITO

¡Está usted loco!

MAX

Loco de verme desconocido y negado. El Ministro es amigo mío, amigo de los tiempos heroicos. ¡Quiero oírle decir que no me conoce! ¡Paco! ¡Paco!

DIEGUITO

Le anunciaré a usted.

MAX

Yo me basto. ¡Paco! ¡Paco! ¡Soy un espectro del pasado!

Su Excelencia abre la puerta de su despacho y asoma en mangas de camisa, la bragueta desabrochada, el chaleco suelto y los quevedos pendientes de un cordón, como dos ojos absurdos bailándole sobre la panza.

EL MINISTRO

¿Qué escándalo es este, Dieguito?

DIEGUITO

Señor Ministro, no he podido evitarlo.

EL MINISTRO

¿Y ese hombre quién es?

MAX

¡Un amigo de los tiempos heroicos! ¡No me reconoces, Paco! ¡Tanto me ha cambiado la vida! ¡No me reconoces! ¡Soy Máximo Estrella!

EL MINISTRO

¡Claro! ¡Claro! ¡Claro! ¿Pero estás ciego?

MAX

Como Homero y como Belisario.

El Ministro

Una ceguera accidental, supongo...

Max

Definitiva e irrevocable. Es el regalo de Venus.

El Ministro

Válgate Dios. ¿Y cómo no te has acordado de venir a verme antes de ahora? Apenas leo tu firma en los periódicos.

Max

¡Vivo olvidado! Tú has sido un vidente dejando las letras por hacernos felices gobernando. Paco, las letras no dan para comer. ¡Las letras son colorín, pingajo y hambre!

El Ministro

Las letras, ciertamente, no tienen la consideración que debieran, pero son ya un valor que se cotiza. Amigo Max, yo voy a continuar trabajando. A este pollo le dejas una nota de lo que deseas... Llegas ya un poco tarde.

Max

Llego en mi hora. No vengo a pedir nada. Vengo a exigir una satisfacción y un castigo. Soy ciego, me llaman poeta, vivo de hacer versos y vivo miserable. Estás pensando que soy un borracho. ¡Afortunadamente! Si no fuese un borracho ya me hubiera pegado un tiro. ¡Paco, tus sicarios no tienen derecho a escupirme y abofetearme, y vengo a pedir un castigo para esa turba de miserables y un desagravio a la Diosa Minerva!

EL MINISTRO

Amigo Max, yo no estoy enterado de nada. ¿Qué ha pasado, Dieguito?

DIEGUITO

Como hay un poco de tumulto callejero, y no se consienten grupos y estaba algo excitado el Maestro...

MAX

He sido injustamente detenido, inquisitorialmente torturado. En las muñecas tengo las señales.

EL MINISTRO

¿Qué parte han dado los guardias, Dieguito?

DIEGUITO

En puridad, lo que acabo de resumir al Señor Ministro.

MAX

¡Pues es mentira! He sido detenido por la arbitrariedad de un legionario, a quien pregunté, ingenuo, si sabía los cuatro dialectos griegos.

EL MINISTRO

Real y verdaderamente la pregunta es arbitraria. ¡Suponerle a un guardia tan altas Humanidades!

MAX

Era un teniente.

El Ministro

Como si fuese un Capitán General. ¡No estás sin ninguna culpa! ¡Eres siempre el mismo calvatrueno! ¡Para ti no pasan los años! ¡Ay, cómo envidio tu eterno buen humor!

Max

¡Para mí, siempre es de noche! Hace un año que estoy ciego. Dicto y mi mujer escribe, pero no es posible.

El Ministro

¿Tu mujer es francesa?

Max

Una santa del Cielo, que escribe el español con una ortografía del Infierno. Tengo que dictarle letra por letra. Las ideas se me desvanecen. ¡Un tormento! Si hubiera pan en mi casa, maldito si me apenaba la ceguera. El ciego se entera mejor de las cosas del mundo, los ojos son unos ilusionados embusteros. ¡Adiós, Paco! Conste que no he venido a pedirte ningún favor. Max Estrella no es el pobrete molesto.

El Ministro

Espera, no te vayas, Máximo. Ya que has venido, hablemos. Tú resucitas toda una época de mi vida, acaso la mejor. ¡Qué lejana! Estudiábamos juntos. Vivíais en la calle del Recuerdo. Tenías una hermana. De tu hermana anduve yo enamorado. ¡Por ella hice versos!

Max

¡Calle del Recuerdo,
Ventana de Helena,

La niña morena
Que asomada vi!
¡Calle del Recuerdo
Rondalla de tuna,
Y escala de luna
Que en ella prendí!

EL MINISTRO

¡Qué memoria la tuya! ¡Me dejas maravillado! ¿Qué fue de tu hermana?

MAX

Entró en un convento.

EL MINISTRO

¿Y tu hermano Alex?

MAX

¡Murió!

EL MINISTRO

¿Y los otros? ¡Erais muchos!

MAX

¡Creo que todos han muerto!

EL MINISTRO

¡No has cambiado...! Max, yo no quiero herir tu delicadeza, pero en tanto dure aquí, puedo darte un sueldo.

MAX

¡Gracias!

EL MINISTRO

¿Aceptas?

MAX

¡Qué remedio!

EL MINISTRO

Tome usted nota, Dieguito. ¿Dónde vives, Max?

MAX

Dispóngase usted a escribir largo, joven maestro: —Bastardillos, veintitrés, duplicado, Escalera interior, Guardilla B—. Nota. Si en este laberinto hiciese falta un hilo para guiarse, no se le pida a la portera, porque muerde.

EL MINISTRO

¡Cómo te envidio el humor!

MAX

El mundo es mío, todo me sonríe, soy un hombre sin penas.

EL MINISTRO

¡Te envidio!

MAX

¡Paco, no seas majadero!

EL MINISTRO

Max, todos los meses te llevarán el haber a tu casa. ¡Ahora, adiós! ¡Dame un abrazo!

MAX

Toma un dedo y no te enternezcas.

EL MINISTRO

¡Adiós, Genio y Desorden!

MAX

Conste que he venido a pedir un desagravio para mi dignidad y un castigo para unos canallas. Conste que no alcanzo
ninguna de las dos cosas y que me das dinero y que lo acep-
to porque soy un canalla. No me estaba permitido irme del
mundo sin haber tocado alguna vez el fondo de los Reptiles.
¡Me he ganado los brazos de Su Excelencia!

MÁXIMO ESTRELLA, *con los brazos abiertos en cruz, la*
cabeza erguida, los ojos parados, trágicos en su ciega quie-
tud, avanza como un fantasma. Su Excelencia, tripudo, repin-
tado, mantecoso, responde con un arranque de cómico viejo,
en el buen melodrama francés. Se abrazan los dos. Su Exce-
lencia, al separarse, tiene una lágrima detenida en los pár-
pados. Estrecha la mano del bohemio y deja en ella algunos
billetes.

EL MINISTRO

¡Adiós! ¡Adiós! Créeme que no olvidaré este momento.

MAX

¡Adiós, Paco! ¡Gracias en nombre de dos pobres mujeres!

Su Excelencia toca un timbre. EL UJIER *acude soñoliento.*
MÁXIMO ESTRELLA, *tanteando con el palo, va derecho hacia*
el fondo de la estancia, donde hay un balcón.

EL MINISTRO

Fernández, acompañe usted a ese caballero y déjele en un coche.

MAX

Seguramente que me espera en la puerta mi perro.

EL UJIER

Quien le espera a usted es un sujeto de edad, en la antesala.

MAX

Don Latino de Hispalis: Mi perro.

EL UJIER *toma de la manga al bohemio: Con aire torpón le saca del despacho y guipa al soslayo el gesto de Su Excelencia. Aquel gesto manido de actor de carácter en la gran escena del reconocimiento.*

EL MINISTRO

¡Querido Dieguito, ahí tiene usted un hombre a quien le ha faltado el resorte de la voluntad! Lo tuvo todo, figura, palabra, gracejo. Su charla cambiaba de colores como las llamas de un ponche.

DIEGUITO

¡Qué imagen soberbia!

EL MINISTRO

¡Sin duda, era el que más valía entre los de mi tiempo!

DIEGUITO

Pues véalo usted ahora en medio del arroyo, oliendo a aguardiente y saludando en francés a las proxenetas.

EL MINISTRO

¡Veinte años! ¡Una vida! ¡E inopinadamente, reaparece ese espectro de la bohemia! Yo me salvé del desastre renunciando al goce de hacer versos. Dieguito, usted de esto no sabe nada, porque usted no ha nacido poeta.

DIEGUITO

¡Lagarto! ¡Lagarto!

EL MINISTRO

¡Ay, Dieguito, usted no alcanzará nunca lo que son ilusión y bohemia! Usted ha nacido institucionista, usted no es un renegado del mundo del ensueño. ¡Yo, sí!

DIEGUITO

¿Lo lamenta usted, Don Francisco?

EL MINISTRO

Creo que lo lamento.

DIEGUITO

¿El Excelentísimo Señor Ministro de la Gobernación, se cambiaría por el poeta Mala Estrella?

EL MINISTRO

¡Ya se ha puesto la toga y los vuelillos el Señor Licenciado Don Diego del Corral! Suspenda un momento el interrogatorio su señoría y vaya pensando cómo se justifican las pesetas que hemos de darle a Máximo Estrella.

DIEGUITO

Las tomaremos de los fondos de Policía.

EL MINISTRO

¡Eironeia!

Su Excelencia se hunde en una poltrona, ante la chimenea que aventa sobre la alfombra una claridad trémula. Enciende un cigarro con sortija y pide La Gaceta. *Cabálgase los lentes, le pasa la vista, se hace un gorro y se duerme.*

ESCENA NOVENA

Un Café que prolongan empañados espejos. Mesas de mármol. Divanes rojos. El mostrador en el fondo, y detrás un vejete rubiales, destacado el busto sobre la diversa botillería. El Café tiene piano y violín. Las sombras y la música flotan en el vaho de humo y en el lívido temblor de los arcos voltaicos. Los espejos multiplicadores están llenos de un interés folletinesco, en su fondo, con una geometría absurda, extravaga el Café. El compás canalla de la música, las luces en el fondo de los espejos, el vaho de humo penetrado del temblor de los arcos voltaicos cifran su diversidad en una sola expresión. Entran extraños y son de repente transfigurados en aquel triple ritmo, MALA ESTRELLA y DON LATINO.

MAX

¿Qué tierra pisamos?

DON LATINO

El Café Colón.

MAX

Mira si está Rubén. Suele ponerse enfrente de los músicos.

DON LATINO

Allá está como un cerdo triste.

MAX

Vamos a su lado, Latino. Muerto yo, el cetro de la poesía pasa a ese negro.

DON LATINO

No me encargues de ser tu testamentario.

MAX

¡Es un gran poeta!

DON LATINO

Yo no lo entiendo.

MAX

¡Merecías ser el barbero de Maura!

Por entre sillas y mármoles llegan al rincón donde está sentado y silencioso RUBÉN DARÍO. *Ante aquella aparición, el poeta siente la amargura de la vida y, con gesto egoísta de niño enfadado, cierra los ojos y bebe un sorbo de su copa de ajenjo. Finalmente, su máscara de ídolo se anima con una sonrisa cargada de humedad. El ciego se detiene ante la mesa y levanta su brazo, con magno ademán de estatua cesárea.*

MAX

¡Salud, hermano, si menor en años, mayor en prez!

RUBÉN

¡Admirable! ¡Cuánto tiempo sin vernos, Max! ¿Qué haces?

MAX

¡Nada!

RUBÉN

¡Admirable! ¿Nunca vienes por aquí?

MAX

El café es un lujo muy caro, y me dedico a la taberna mientras llega la muerte.

RUBÉN

Max, amemos la vida y, mientras podamos, olvidemos a la Dama de Luto.

MAX

¿Por qué?

RUBÉN

¡No hablemos de Ella!

MAX

¡Tú la temes y yo la cortejo! ¡Rubén, te llevaré el mensaje que te plazca darme para la otra ribera de la Estigia! Vengo aquí para estrecharte por última vez la mano, guiado por el ilustre camello Don Latino de Hispalis. ¡Un hombre que desprecia tu poesía, como si fuese Académico!

DON LATINO

¡Querido Max, no te pongas estupendo!

RUBÉN

¿El señor es Don Latino de Hispalis?

DON LATINO

¡Si nos conocemos de antiguo, Maestro! ¡Han pasado muchos años! Hemos hecho juntos periodismo en *La Lira Hispano-Americana.*

RUBÉN

Tengo poca memoria, Don Latino.

DON LATINO

Yo era el redactor financiero. En París nos tuteábamos, Rubén.

RUBÉN

Lo había olvidado.

MAX

¡Si no has estado nunca en París!

DON LATINO

Querido Max, vuelvo a decirte que no te pongas estupendo. Siéntate e invítanos a cenar. ¡Rubén, hoy este gran poeta, nuestro amigo, se llama Estrella Resplandeciente!

RUBÉN

¡Admirable! ¡Max, es preciso huir de la bohemia!

DON LATINO

¡Está opulento! ¡Guarda dos pápiros de piel de contribuyente!

MAX

¡Esta tarde tuve que empeñar la capa y esta noche te convido a cenar! ¡A cenar con el rubio Champaña, Rubén!

RUBÉN

¡Admirable! Como Martín de Tours, partes conmigo la capa, transmudada en cena. ¡Admirable!

DON LATINO

¡Mozo, la carta! Me parece un poco exagerado pedir vinos franceses. ¡Hay que pensar en el mañana, caballeros!

MAX

¡No pensemos!

DON LATINO

Compartiría tu opinión, si con el café, la copa y el puro nos tomásemos un veneno.

MAX

¡Miserable burgués!

DON LATINO

Querido Max, hagamos un trato. Yo me bebo modestamente una chica de cerveza y tú me apoquinas en pasta lo que me había de costar la bebecua.

RUBÉN

No te apartes de los buenos ejemplos, Don Latino.

Don Latino

Servidor no es un poeta. Yo me gano la vida con más trabajo que haciendo versos.

Rubén

Yo también estudio las matemáticas celestes.

Don Latino

¡Perdón entonces! Pues sí, señor, aun cuando me veo reducido al extremo de vender entregas, soy un adepto de la Gnosis y la Magia.

Rubén

¡Yo lo mismo!

Don Latino

Recuerdo que alguna cosa alcanzabas.

Rubén

Yo he sentido que los Elementales son Conciencias.

Don Latino

¡Indudable! ¡Indudable! ¡Indudable! ¡Conciencias, Voluntades y Potestades!

Rubén

Mar y Tierra, Fuego y Viento, divinos monstruos. ¡Posiblemente Divinos porque son Eternidades!

Max

Eterna la Nada.

DON LATINO

Y el fruto de la Nada: Los cuatro Elementales, simboliza-
dos en los cuatro Evangelistas. La Creación, que es plurali-
dad, solamente comienza en el Cuatrivio. Pero de la Trina
Unidad, se desprende el Número. ¡Por eso el Número es
Sagrado!

MAX

¡Calla, Pitágoras! Todo eso lo has aprendido en tus intimi-
dades con la vieja Blavatsky.

DON LATINO

¡Max, esas bromas no son tolerables! ¡Eres un espíritu pro-
fundamente irreligioso y volteriano! Madama Blavatsky ha
sido una mujer extraordinaria y no debes profanar con burlas
el culto de su memoria. Pudieras verte castigado por alguna
camarrupa de su karma. ¡Y no sería el primer caso!

RUBÉN

¡Se obran prodigios! Afortunadamente no los vemos ni los
entendemos. Sin esta ignorancia, la vida sería un enorme
sobrecogimiento.

MAX

¿Tú eres creyente, Rubén?

RUBÉN

¡Yo creo!

MAX

¿En Dios?

RUBÉN

¡Y en el Cristo!

MAX

¿Y en las llamas del Infierno?

RUBÉN

¡Y más todavía en las músicas del Cielo!

MAX

¡Eres un farsante, Rubén!

RUBÉN

¡Seré ingenuo!

MAX

¿No estás posando?

RUBÉN

¡No!

MAX

Para mí, no hay nada tras la última mueca. Si hay algo, vendré a decírtelo.

RUBÉN

¡Calla, Max, no quebrantemos los humanos sellos!

MAX

Rubén, acuérdate de esta cena. Y ahora mezclemos el vino con las rosas de tus versos. Te escuchamos.

RUBÉN *se recoge estremecido, el gesto de ídolo, evocador de terrores y misterios.* MAX ESTRELLA, *un poco enfático, le alarga la mano. Llena los vasos* DON LATINO. RUBÉN *sale de su meditación con la tristeza vasta y enorme esculpida en los ídolos aztecas.*

RUBÉN

Veré si recuerdo una peregrinación a Compostela... Son mis últimos versos.

MAX

¿Se han publicado? Si se han publicado, me los habrán leído, pero en tu boca serán nuevos.

RUBÉN

Posiblemente no me acordaré.

Un joven que escribe en la mesa vecina, y al parecer traduce, pues tiene ante los ojos un libro abierto y cuartillas en rimero, se inclina tímidamente hacia RUBÉN DARÍO.

EL JOVEN

Maestro, donde usted no recuerde, yo podría apuntarle.

RUBÉN

¡Admirable!

MAX

¿Dónde se han publicado?

EL JOVEN

Yo los he leído manuscritos. Iban a ser publicados en una revista que murió antes de nacer.

MAX

¿Sería una revista de Paco Villaespesa?

EL JOVEN

Yo he sido su secretario.

DON LATINO

Un gran puesto.

MAX

Tú no tienes nada que envidiar, Latino.

EL JOVEN

¿Se acuerda usted, Maestro?

RUBÉN *asiente con un gesto sacerdotal y, tras de hume-*
decer los labios en la copa, recita lento y cadencioso, como
en sopor, y destaca su esfuerzo por distinguir de eses y
cedas.

RUBÉN

    ¡¡¡La ruta tocaba a su fin.
    Y en el rincón de un quicio oscuro,
    Nos repartimos un pan duro
    Con el Marqués de Bradomín!!!

EL JOVEN

Es el final, Maestro.

RUBÉN

Es la ocasión para beber por nuestro estelar amigo.

MAX

¡Ha desaparecido del mundo!

RUBÉN

Se prepara a la muerte en su aldea y su carta de despedida
fue la ocasión de estos versos. ¡Bebamos a la salud de un
exquisito pecador!

MAX

¡Bebamos!

*Levanta su copa y, gustando el aroma del ajenjo, suspira y
evoca el cielo lejano de París. Piano y violín atacan un aire
de opereta, y la parroquia del Café lleva el compás con las
cucharillas en los vasos. Después de beber, los tres desterra-
dos confunden sus voces hablando en francés. Recuerdan y
proyectan las luces de la fiesta divina y mortal. ¡París!
¡Cabaretes! ¡Ilusión! Y en el ritmo de las frases, desfila con
su pata coja Papá Verlaine.*

ESCENA DÉCIMA

Paseo con jardines. El cielo raso y remoto. La luna lunera. Patrullas de Caballería. Silencioso y luminoso, rueda un auto. En la sombra clandestina de los ramajes, merodean mozuelas pingonas y viejas pintadas como caretas. Repartidos por las sillas del paseo, yacen algunos bultos durmientes. MAX ESTRELLA y DON LATINO caminan bajo las sombras del paseo. El perfume primaveral de las lilas embalsama la humedad de la noche.

UNA VIEJA PINTADA

¡Morenos! ¡Chis...! ¡Morenos! ¿Queréis venir un ratito?

DON LATINO

Cuando te pongas los dientes.

LA VIEJA PINTADA

¡No me dejáis siquiera un pitillo!

DON LATINO

Te daré *La Corres* para que te ilustres, publica una carta de Maura.

LA VIEJA PINTADA

Que le den morcilla.

DON LATINO

Se la prohíbe el rito judaico.

LA VIEJA PINTADA

¡Mira el camelista! Esperaros, que llamo a una amiguita.
¡Lunares! ¡Lunares!

Surge LA LUNARES, *una mozuela pingona, medias blancas,
delantal, toquilla y alpargatas. Con risa desvergonzada se
detiene en la sombra del jardinillo.*

LA LUNARES

¡Ay, qué pollos más elegantes! Vosotros me sacáis esta
noche de la calle.

LA VIEJA PINTADA

Nos ponen piso.

LA LUNARES

Dejadme una perra y me completáis una peseta para la
cama.

LA VIEJA PINTADA

¡Roñas, siquiera un pitillo!

MAX

Toma un habano.

LA VIEJA PINTADA

¡Guasíbilis!

LA LUNARES

Apáñalo, panoli.

LA VIEJA PINTADA

¡Sí que lo apaño! ¡Y es de sortija!

LA LUNARES

Ya me permitirás alguna chupada.

LA VIEJA PINTADA

Este me lo guardo.

LA LUNARES

Para el Rey de Portugal.

LA VIEJA PINTADA

¡Infeliz! ¡Para el de la Higiene!

LA LUNARES

¿Y vosotros, astrónomos, no hacéis una calaverada?

Las dos prójimas han evolucionado sutiles y clandestinas, bajo las sombras del paseo: LA VIEJA PINTADA *está a la vera de* DON LATINO DE HISPALIS, LA LUNARES, *a la vera de* MALA ESTRELLA.

LA LUNARES

¡Mira qué limpios llevo los bajos!

MAX

Soy ciego.

LA LUNARES

¡Algo verás!

MAX

¡Nada!

LA LUNARES

Tócame. Estoy muy dura.

MAX

¡Un mármol!

La mozuela, con una risa procaz, toma la mano del poeta y la hace tantear sobre sus hombros y la oprime sobre los senos. La vieja sórdida, bajo la máscara de albayalde, descubre las encías sin dientes y tienta capciosa a DON LATINO.

LA VIEJA PINTADA

Hermoso, vente conmigo, que ya tu compañero se entiende con la Lunares. No te receles. ¡Ven! Si se acerca algún guindilla, lo apartamos con el puro habanero.

Se lo lleva sonriendo, blanca y fantasmal. Cuchicheos. Se pierden entre los árboles del jardín. Parodia grotesca del Jardín de Armida. MALA ESTRELLA y la otra prójima quedan aislados sobre la orilla del paseo.

LA LUNARES

Pálpame el pecho. No tengas reparo... ¡Tú eres un poeta!

MAX

¿En qué lo has conocido?

LA LUNARES

En la peluca de Nazareno. ¿Me engaño?

MAX

No te engañas.

LA LUNARES

Si cuadrase que yo te pusiese al tanto de mi vida, sacabas una historia de las primeras. Responde: ¿Cómo me encuentras?

MAX

¡Una ninfa!

LA LUNARES

¡Tienes el hablar muy *dilustrado!* Tu acompañante ya se concertó con la Cotillona. Ven. Entrégame la mano. Vamos a situarnos en un lugar más oscuro. Verás como te cachondeo.

MAX

Llévame a un banco para esperar a ese cerdo hispalense.

LA LUNARES

No chanelo.

MAX

Hispalis es Sevilla.

LA LUNARES

Lo será en cañí. Yo soy chamberilera.

MAX

¿Cuántos años tienes?

LA LUNARES

Pues no sé los que tengo.

MAX

¿Y es siempre aquí tu parada nocturna?

LA LUNARES

Las más de las veces.

MAX

¡Te ganas honradamente la vida!

LA LUNARES

Tú no sabes con cuántos trabajos. Yo miro mucho lo que hago. La Cotillona me habló para llevarme a una casa. ¡Una casa de mucho postín! No quise ir... Acostarme no me acuesto... Yo guardo el pan de higos para el gachó que me sepa camelar. ¿Por qué no lo pretendes?

MAX

Me falta tiempo.

LA LUNARES

Inténtalo para ver lo que sacas. Te advierto que me estás gustando.

MAX

Te advierto que soy un poeta sin dinero.

LA LUNARES

¿Serías tú, por un casual, el que sacó las coplas de Joselito?

MAX

¡Ese soy!

LA LUNARES

¿De verdad?

MAX

De verdad.

LA LUNARES

Dilas.

MAX

No las recuerdo.

LA LUNARES

Porque no las sacaste de tu sombrerera. ¡Sin mentira, cuáles son las tuyas?

MAX

Las del Espartero.

LA LUNARES

¿Y las recuerdas?

MAX

Y las canto como un flamenco.

LA LUNARES

¡Que no eres capaz!

MAX

¡Tuviera yo una guitarra!

LA LUNARES

¿La entiendes?

MAX

Para algo soy ciego.

LA LUNARES

¡Me estás gustando!

MAX

No tengo dinero.

LA LUNARES

Con pagar la cama concluyes. Si quedas contento y quieres convidarme a un café con churros, tampoco me niego.

MÁXIMO ESTRELLA, *con tacto de ciego, le pasa la mano por el óvalo del rostro, la garganta y los hombros. La pindonga ríe con dejo sensual de cosquillas. Quítase del moño un peinecillo gitano y, con él peinando los tufos, redobla la risa y se desmadeja.*

LA LUNARES

¿Quieres saber cómo soy? ¡Soy muy negra y muy fea!

MAX

¡No lo pareces! Debes tener quince años.

LA LUNARES

Esos mismos tendré. Ya pasa de tres que me visita el nuncio. No lo pienses más y vamos. Aquí cerca hay una casa muy decente.

MAX

¿Y cumplirás tu palabra?

LA LUNARES

¿Cuála? ¿Dejar que te comas el pan de higos? ¡No me pareces bastante flamenco! ¡Qué mano tienes! No me palpes más la cara. Pálpame el cuerpo.

MAX

¿Eres pelinegra?

LA LUNARES

¡Lo soy!

MAX

Hueles a nardos.

LA LUNARES

Porque los he vendido.

MAX

¿Cómo tienes los ojos?

LA LUNARES

¿No lo adivinas?

MAX

¿Verdes?

LA LUNARES

Como la Pastora Imperio. Toda yo parezco una gitana.

De la oscuridad surge la brasa de un cigarro y la tos asmática de DON LATINO. *Remotamente, sobre el asfalto sonoro, se acompasa el trote de una patrulla de Caballería. Los focos de un auto. El farol de un sereno. El quicio de una verja. Una sombra clandestina. El rostro de albayalde de otra vieja peripatética. Diferentes sombras.*

ESCENA UNDÉCIMA

Una calle del Madrid austriaco. Las tapias de un convento. Un casón de nobles. Las luces de una taberna. Un grupo consternado de vecinas, en la acera. Una mujer, despechugada y ronca, tiene en los brazos a su niño muerto, la sien traspasada por el agujero de una bala. MAX ESTRELLA y DON LATINO *hacen un alto.*

MAX

También aquí se pisan cristales rotos.

DON LATINO

¡La zurra ha sido buena!

MAX

¡Canallas...! ¡Todos...! ¡Y los primeros nosotros, los poetas!

DON LATINO

¡Se vive de milagro!

LA MADRE DEL NIÑO

¡Maricas, cobardes! ¡El fuego del Infierno os abrase las negras entrañas! ¡Maricas, cobardes!

MAX

¿Qué sucede, Latino? ¿Quién llora? ¿Quién grita con tal rabia?

DON LATINO

Una verdulera, que tiene a su chico muerto en los brazos.

MAX

¡Me ha estremecido esa voz trágica!

LA MADRE DEL NIÑO

¡Sicarios! ¡Asesinos de criaturas!

EL EMPEÑISTA

Está con algún trastorno y no mide palabras.

EL GUARDIA

La autoridad también se hace el cargo.

EL TABERNERO

Son desgracias inevitables para el restablecimiento del orden.

EL EMPEÑISTA

Las turbas anárquicas me han destrozado el escaparate.

LA PORTERA

¿Cómo no anduvo usted más vivo en echar los cierres?

EL EMPEÑISTA

Me tomó el tumulto fuera de casa. Supongo que se acordará el pago de daños a la propiedad privada.

EL TABERNERO

El pueblo que roba en los establecimientos públicos, donde se le abastece, es un pueblo sin ideales patrios.

LA MADRE DEL NIÑO

¡Verdugos del hijo de mis entrañas!

UN ALBAÑIL

El pueblo tiene hambre.

EL EMPEÑISTA

Y mucha soberbia.

LA MADRE DEL NIÑO

¡Maricas, cobardes!

UNA VIEJA

¡Ten prudencia, Romualda!

LA MADRE DEL NIÑO

¡Que me maten como a este rosal de Mayo!

LA TRAPERA

¡Un inocente sin culpa! ¡Hay que considerarlo!

EL TABERNERO

Siempre saldréis diciendo que no hubo los toques de Ordenanza.

EL RETIRADO

Yo los he oído.

LA MADRE DEL NIÑO

¡Mentira!

EL RETIRADO

Mi palabra es sagrada.

EL EMPEÑISTA

El dolor te enloquece, Romualda.

LA MADRE DEL NIÑO

¡Asesinos! ¡Veros es ver al verdugo!

EL RETIRADO

El Principio de Autoridad es inexorable.

EL ALBAÑIL

Con los pobres. Se ha matado, por defender al comercio, que nos chupa la sangre.

EL TABERNERO

Y que paga sus contribuciones, no hay que olvidarlo.

EL EMPEÑISTA

El comercio honrado no chupa la sangre de nadie.

LA PORTERA

¡Nos quejamos de vicio!

EL ALBAÑIL

La vida del proletario no representa nada para el Gobierno.

MAX

Latino, sácame de este círculo infernal.

Llega un tableteo de fusilada. El grupo se mueve en confusa y medrosa alerta. Descuella el grito ronco de la mujer, que al ruido de las descargas, aprieta a su niño muerto en los brazos.

LA MADRE DEL NIÑO

¡Negros fusiles, matadme también con vuestros plomos!

MAX

Esa voz me traspasa.

LA MADRE DEL NIÑO

¡Que tan fría, boca de nardo!

MAX

¡Jamás oí voz con esa cólera trágica!

DON LATINO

Hay mucho de teatro.

MAX

¡Imbécil!

El farol, el chuzo, la caperuza del SERENO, *bajan con un trote de madreñas por la acera.*

EL EMPEÑISTA

¿Qué ha sido, sereno?

EL SERENO

Un preso que ha intentado fugarse.

MAX

Latino, ya no puedo gritar... ¡Me muero de rabia!... Estoy mascando ortigas. Ese muerto sabía su fin... No le asustaba, pero temía el tormento... La Leyenda Negra en estos días menguados es la Historia de España. Nuestra vida es un círculo dantesco. Rabia y vergüenza. Me muero de hambre, satisfecho de no haber llevado una triste velilla en la trágica mojiganga. ¿Has oído los comentarios de esa gente, viejo canalla? Tú eres como ellos. Peor que ellos, porque no tienes una peseta y propagas la mala literatura por entregas. Latino, vil corredor de aventuras insulsas, llévame al Viaducto. Te invito a regenerarte con un vuelo.

DON LATINO

¡Max, no te pongas estupendo!

ESCENA DUODÉCIMA

Rinconada en costanilla y una iglesia barroca por fondo. Sobre las campanas negras, la luna clara. DON LATINO *y* MAX ESTRELLA *filosofan sentados en el quicio de una puerta. A lo largo de su coloquio, se torna lívido el cielo. En el alero de la iglesia pían algunos pájaros. Remotos albores de amanecida. Ya se han ido los serenos, pero aún están las puertas cerradas. Despiertan las porteras.*

MAX

¿Debe estar amaneciendo?

DON LATINO

Así es.

MAX

¡Y qué frío!

DON LATINO

Vamos a dar unos pasos.

MAX

Ayúdame, que no puedo levantarme. ¡Estoy aterido!

DON LATINO

¡Mira que haber empeñado la capa!

MAX

Préstame tu carrik, Latino.

DON LATINO

¡Max, eres fantástico!

MAX

Ayúdame a ponerme en pie.

DON LATINO

¡Arriba, carcunda!

MAX

¡No me tengo!

DON LATINO

¡Qué tuno eres!

MAX

¡Idiota!

DON LATINO

¡La verdad es que tienes una fisonomía algo rara!

MAX

¡Don Latino de Hispalis, grotesco personaje, te inmortalizaré en una novela!

DON LATINO

Una tragedia, Max.

MAX

La tragedia nuestra no es tragedia.

DON LATINO

¡Pues algo será!

MAX

El Esperpento.

DON LATINO

No tuerzas la boca, Max.

MAX

¡Me estoy helando!

DON LATINO

Levántate. Vamos a caminar.

MAX

No puedo.

DON LATINO

Deja esa farsa. Vamos a caminar.

MAX

Échame el aliento. ¿Adónde te has ido, Latino?

DON LATINO

Estoy a tu lado.

MAX

Como te has convertido en buey, no podía reconocerte. Échame el aliento, ilustre buey del pesebre belenita. ¡Muge, Latino! Tú eres el cabestro, y si muges vendrá el Buey Apis. Le torearemos.

DON LATINO

Me estás asustando. Debías dejar esa broma.

MAX

Los ultraístas son unos farsantes. El esperpentismo lo ha inventado Goya. Los héroes clásicos han ido a pasearse en el callejón del Gato.

DON LATINO

¡Estás completamente curda!

MAX

Los héroes clásicos reflejados en los espejos cóncavos dan el Esperpento. El sentido trágico de la vida española sólo puede darse con una estética sistemáticamente deformada.

DON LATINO

¡Miau! ¡Te estás contagiando!

MAX

España es una deformación grotesca de la civilización europea.

DON LATINO

¡Pudiera! Yo me inhibo.

MAX

Las imágenes más bellas en un espejo cóncavo son absurdas.

DON LATINO

Conforme. Pero a mí me divierte mirarme en los espejos de la calle del Gato.

MAX

Y a mí. La deformación deja de serlo cuando está sujeta a una matemática perfecta. Mi estética actual es transformar con matemática de espejo cóncavo las normas clásicas.

DON LATINO

¿Y dónde está el espejo?

MAX

En el fondo del vaso.

DON LATINO

¡Eres genial! ¡Me quito el cráneo!

MAX

Latino, deformemos la expresión en el mismo espejo que nos deforma las caras y toda la vida miserable de España.

DON LATINO

Nos mudaremos al callejón del Gato.

MAX

Vamos a ver qué palacio está desalquilado. Arrímame a la pared. ¡Sacúdeme!

DON LATINO

No tuerzas la boca.

MAX

Es nervioso. ¡Ni me entero!

DON LATINO

¡Te traes una guasa!

MAX

Préstame tu carrik.

DON LATINO

¡Mira cómo me he quedado de un aire!

MAX

No me siento las manos y me duelen las uñas. ¡Estoy muy malo!

DON LATINO

Quieres conmoverme para luego tomarme la coleta.

MAX

Idiota, llévame a la puerta de mi casa y déjame morir en paz.

DON LATINO

La verdad sea dicha, no madrugan en nuestro barrio.

MAX

Llama.

DON LATINO DE HISPALIS, *volviéndose de espalda, comienza a cocear en la puerta. El eco de los golpes tolondrea por el ámbito lívido de la costanilla y, como en respuesta a una provocación, el reloj de la iglesia da cinco campanadas bajo el gallo de la veleta.*

MAX

¡Latino!

DON LATINO

¿Qué antojas? ¡Deja la mueca!

MAX

¡Si Collet estuviese despierta...! Ponme en pie para darle una voz.

DON LATINO

No llega tu voz a ese quinto cielo.

MAX

¡Collet! ¡Me estoy aburriendo!

DON LATINO

No olvides al compañero.

MAX

Latino, me parece que recobro la vista. ¿Pero cómo hemos venido a este entierro? ¡Esa apoteosis es de París! ¡Estamos en el entierro de Víctor Hugo! ¿Oye, Latino, pero cómo vamos nosotros presidiendo?

DON LATINO

No te alucines, Max.

MAX

Es incomprensible cómo veo.

DON LATINO

Ya sabes que has tenido esa misma ilusión otras veces.

MAX

¿A quién enterramos, Latino?

DON LATINO

Es un secreto que debemos ignorar.

MAX

¡Cómo brilla el sol en las carrozas!

DON LATINO

Max, si todo cuanto dices no fuese una broma, tendría una significación teosófica... En un entierro presidido por mí, yo debo ser el muerto... Pero por esas coronas, me inclino a pensar que el muerto eres tú.

MAX

Voy a complacerte. Para quitarte el miedo del augurio, me acuesto a la espera. ¡Yo soy el muerto! ¿Qué dirá mañana esa canalla de los periódicos, se preguntaba el paria catalán?

MÁXIMO ESTRELLA *se tiende en el umbral de su puerta. Cruza la costanilla un perro golfo que corre en zigzag. En el centro, encoge la pata y se orina: El ojo legañoso, como un poeta, levantado al azul de la última estrella.*

MAX

Latino, entona el gori-gori.

DON LATINO

Si continúas con esa broma macabra, te abandono.

MAX

Yo soy el que se va para siempre.

DON LATINO

Incorpórate, Max. Vamos a caminar.

MAX

Estoy muerto.

DON LATINO

¡Que me estás asustando! Max, vamos a caminar. Incorpórate. ¡No tuerzas la boca, condenado! ¡Max! ¡Max! ¡Condenado, responde!

MAX

Los muertos no hablan.

DON LATINO

Definitivamente, te dejo.

MAX

¡Buenas noches!

DON LATINO DE HISPALIS *se sopla los dedos arrecidos y camina unos pasos encorvándose bajo su carrik pingón, orlado de cascarrias. Con una tos gruñona retorna al lado de* MAX ESTRELLA: *Procura incorporarle hablándole a la oreja.*

DON LATINO

Max, estás completamente borracho y sería un crimen dejarte la cartera encima, para que te la roben. Max, me llevo tu cartera y te la devolveré mañana.

Finalmente se eleva tras de la puerta la voz achulada de una vecina. Resuenan pasos dentro del zaguán. DON LATINO *se cuela por un callejón.*

LA VOZ DE LA VECINA

¡Señá Flora! ¡Señá Flora! Se le han apegado a usted la mantas de la cama.

LA VOZ DE LA PORTERA

¿Quién es? Esperarse que encuentre la caja de mixtos.

LA VECINA

¡Señá Flora!

LA PORTERA

Ahora salgo. ¿Quién es?

LA VECINA

¡Está usted marmota! ¿Quién será? ¡La Cuca, que se camina al lavadero!

LA PORTERA

¡Ay, qué centellas de mixtos! ¿Son horas?

LA VECINA

¡Son horas y pasan de serlo!

Se oye el paso cansino de una mujer en chanclas. Sigue el murmullo de las voces. Rechina la cerradura, y aparecen en el hueco de la puerta dos mujeres: La una canosa, viva y agalgada, con un saco de ropa cargado sobre la cadera. La otra jamona, refajo colorado, pañuelo pingón sobre los hombros, greñas y chancletas. El cuerpo del bohemio resbala y queda acostado sobre el umbral, al abrirse la puerta.

LA VECINA

¡Santísimo Cristo, un hombre muerto!

LA PORTERA

Es Don Max el poeta, que la ha pescado.

LA VECINA

¡Está del color de la cera!

LA PORTERA

Cuca, por tu alma, quédate a la mira un instante, mientras subo el aviso a Madama Collet.

La Portera *sube la escalera chancleando: Se la oye re-*
negar. La Cuca, *viéndose sola, con aire medroso, toca*
las manos del bohemio y luego se inclina a mirarle los ojos
entreabiertos bajo la frente lívida.

La Vecina

¡Santísimo Señor! ¡Esto no lo dimana la bebida! ¡La muerte talmente representa! ¡Señá Flora! ¡Señá Flora! ¡Que no puedo demorarme! ¡Ya se me voló un cuarto de día! ¡Que se queda esto a la vindicta pública, señá Flora! ¡Propia la muerte!

ESCENA DECIMATERCIA

Velorio en un sotabanco. MADAMA COLLET y CLAUDINITA, *desgreñadas y macilentas, lloran al muerto, ya tendido en la angostura de la caja, amortajado con una sábana, entre cuatro velas. Astillando una tabla, el brillo de un clavo aguza su punta sobre la sien inerme. La caja, embetunada de luto por fuera, y por dentro de tablas de pino sin labrar ni pintar, tiene una sórdida esterilla que amarillea. Está posada sobre las baldosas, de esquina a esquina, y las dos mujeres, que lloran en los ángulos, tienen en las manos cruzadas el reflejo de las velas.* DORIO DE GADEX, CLARINITO y PÉREZ, *arrimados a la pared, son tres fúnebres fantoches en hilera. Repentinamente, entrometiéndose en el duelo, cloquea un rajado repique, la campanilla de la escalera.*

DORIO DE GADEX

A las cuatro viene la funeraria.

CLARINITO

No puede ser esa hora.

DORIO DE GADEX

¿Usted no tendrá reloj, Madama Collet?

Madama Collet

¡Que no me lo lleven todavía! ¡Que no me lo lleven!

Pérez

No puede ser la funeraria.

Dorio de Gadex

¡Ninguno tiene reloj! ¡No hay duda que somos unos potentados!

Claudinita, *con andar cansado, trompicando, ha salido para abrir la puerta. Se oye rumor de voces y la tos de* Don Latino de Hispalis. *La tos clásica del tabaco y del aguardiente.*

Don Latino

¡Ha muerto el Genio! ¡No llores, hija mía! ¡Ha muerto y no ha muerto...! ¡El Genio es inmortal...! ¡Consuélate, Claudinita, porque eres la hija del primer poeta español! ¡Que te sirva de consuelo saber que eres la hija de Víctor Hugo! ¡Una huérfana ilustre! ¡Déjame que te abrace!

Claudinita

¡Usted está borracho!

Don Latino

Lo parezco. Sin duda lo parezco. ¡Es el dolor!

Claudinita

¡Si tumba el vaho de aguardiente!

DON LATINO

¡Es el dolor! ¡Un efecto del dolor, estudiado científicamente por los alemanes!

DON LATINO *tambaléase en la puerta, con el cartapacio de las revistas en bandolera y el perrillo sin rabo y sin orejas, entre las cañotas. Trae los espejuelos alzados sobre la frente y se limpia los ojos chispones con un pañuelo mugriento.*

CLAUDINITA

Viene a dos velas.

DORIO DE GADEX

Para el funeral. ¡Siempre correcto!

DON LATINO

Max, hermano mío, si menor en años...

DORIO DE GADEX

Mayor en prez. Nos adivinamos.

DON LATINO

¡Justamente! Tú lo has dicho, bellaco.

DORIO DE GADEX

Antes lo había dicho el Maestro.

DON LATINO

¡Madama Collet, es usted una viuda ilustre, y en medio de su intenso dolor debe usted sentirse orgullosa de haber sido la compañera del primer poeta español! ¡Murió pobre, como debe morir el Genio! ¡Max, ya no tienes una palabra para tu perro fiel! Max, hermano mío, si menor en años, mayor en...

DORIO DE GADEX

¡Prez!

DON LATINO

Ya podías haberme dejado terminar, majadero. ¡Jóvenes modernistas, ha muerto el Maestro, y os llamáis todos de tú en el Parnaso Hispano-Americano! ¡Yo tenía apostado con este cadáver frío sobre cuál de los dos emprendería primero el viaje, y me ha vencido en esto como en todo! ¡Cuántas veces cruzamos la misma apuesta! ¿Te acuerdas, hermano? ¡Te has muerto de hambre, como yo voy a morir, como moriremos todos los españoles dignos! ¡Te habían cerrado todas las puertas, y te has vengado muriéndote de hambre! ¡Bien hecho! ¡Que caiga esa vergüenza sobre los cabrones de la Academia! ¡En España es un delito el talento!

DON LATINO *se dobla y besa la frente del muerto. El perrillo, a los pies de la caja, entre el reflejo inquietante de las velas, agita el muñón del rabo.* MADAMA COLLET *levanta la cabeza con un gesto doloroso dirigido a los tres fantoches en hilera.*

MADAMA COLLET

¡Por Dios, llévenselo ustedes al pasillo!

DORIO DE GADEX

Habrá que darle amoniaco. ¡La trae de alivio!

CLAUDINITA

¡Pues que la duerma! ¡Le tengo una hincha!

DON LATINO

¡Claudinita! ¡Flor temprana!

CLAUDINITA

¡Si papá no sale ayer tarde, está vivo!

DON LATINO

¡Claudinita, me acusas injustamente! ¡Estás ofuscada por el dolor!

CLAUDINITA

¡Golfo! ¡Siempre estorbando!

DON LATINO

¡Yo sé que tú me quieres!

DORIO DE GADEX

Vamos a darnos unas vueltas en el corredor, Don Latino.

DON LATINO

¡Vamos! ¡Esta escena es demasiado dolorosa!

DORIO DE GADEX

Pues no la prolonguemos.

DORIO DE GADEX *empuja al encurdado vejete y le va llevando hacia la puerta. El perrillo salta por encima de la caja y los sigue, dejando en el salto torcida una vela. En la fila de fantoches pegados a la pared queda un hueco lleno de sugestiones.*

Don Latino

Te convido a unas *tintas*. ¿Qué dices?

Dorio de Gadex

Ya sabe usted que soy un hombre complaciente, Don Latino.

Desaparecen en la rojiza penumbra del corredor, largo y triste, con el gato al pie del botijo y el reflejo almagreño de los baldosines. Claudinita *los ve salir encendidos de ira los ojos. Depués se hinca a llorar con una crisis nerviosa y muerde el pañuelo que estruja entre las manos.*

Claudinita

¡Me crispa! ¡No puedo verlo! ¡Ese hombre es el asesino de papá!

Madama Collet

¡Por Dios, hija, no digas demencias!

Claudinita

El único asesino. ¡Le aborrezco!

Madama Collet

Era fatal que llegase este momento, y sabes que lo esperábamos... Le mató la tristeza de verse ciego... No podía trabajar y descansa.

CLARINITO

Verá usted cómo ahora todos reconocen su talento.

PÉREZ

Ya no proyecta sombra.

MADAMA COLLET

Sin el aplauso de ustedes, los jóvenes que luchan pasando mil miserias, hubiera estado solo estos últimos tiempos.

CLAUDINITA

¡Más solo que estaba!

PÉREZ

El Maestro era un rebelde como nosotros.

MADAMA COLLET

¡Max, pobre amigo, tú solo te mataste! ¡Tú, solamente, sin acordar de estas pobres mujeres! ¡Y toda la vida has trabajado para matarte!

CLAUDINITA

¡Papá era muy bueno!

MADAMA COLLET

¡Sólo fue malo para sí!

Aparece en la puerta un hombre alto, abotonado, escueto, grandes barbas rojas de judío anarquista y ojos envidiosos, bajo el testuz de bisonte obstinado. Es un fripón periodista alemán, fichado en los registros policiacos como

anarquista ruso y conocido por el falso nombre de BASILIO
SOULINAKE.

BASILIO SOULINAKE

¡Paz a todos!

MADAMA COLLET

¡Perdone usted, Basilio! ¡No tenemos siquiera una silla que
ofrecerle!

BASILIO SOULINAKE

¡Oh! No se preocupe usted de mi persona. De ninguna
manera. No lo consiento, Madama Collet. Y me dispense
usted a mí si llego con algún retraso, como la guardia valona,
que dicen ustedes siempre los españoles. En la taberna donde
comemos algunos emigrados eslavos, acabo de tener la referencia de que había muerto mi amigo Máximo Estrella. Me
ha dado el periódico el chico de Pica Lagartos. ¿La muerte
vino de improviso?

MADAMA COLLET

¡Un colapso! No se cuidaba.

BASILIO SOULINAKE

¿Quién certificó la defunción? En España son muy buenos
los médicos, y como los mejores de otros países. Sin embargo, una autoridad completamente mundial les falta a los españoles. No es como sucede en Alemania. Yo tengo estudiado
durante diez años medicina, y no soy doctor. Mi primera
impresión al entrar aquí ha sido la de hallarme en presencia
de un hombre dormido, nunca de un muerto. Y en esa primera impresión me empecino, como dicen los españoles. Mada-

ma Collet, tiene usted una gran responsabilidad. ¡Mi amigo
Max Estrella no está muerto! Presenta todos los caracteres de
un interesante caso de catalepsia.

MADAMA COLLET y CLAUDINITA *se abrazan con un gran*
grito, repentinamente aguzados los ojos, manos crispadas,
revolantes sobre la frente las sortijillas del pelo. SEÑÁ FLO-
RA, *la portera, llega acezando: La pregonan el resuello y sus*
chancletas.

LA PORTERA

¡Ahí está la carroza! ¿Son ustedes suficientes para bajar el
cuerpo del finado difunto? Si no lo son, subirá mi esposo.

CLARINITO

Gracias, nosotros nos bastamos.

BASILIO SOULINAKE

Señora portera, usted debe comunicarle al conductor del
coche fúnebre, que se aplaza el sepelio. Y que se vaya con
viento fresco. ¿No es así como dicen ustedes los españoles?

MADAMA COLLET

¡Que espere...! Puede usted equivocarse, Basilio.

LA PORTERA

¡Hay bombines y javiques en la calle, y si no me engaño,
un coche de galones! ¡Cuidado lo que es el mundo, parece el
entierro de un concejal! ¡No me pensaba yo que tanto repre-
sentaba el finado! ¿Madama Collet, qué razón le doy al gachó
de la carroza? ¡Porque ese tío no se espera! Dice que tiene
otro viaje en la calle de Carlos Rubio.

Madama Collet

¡Válgame Dios! ¡Yo estoy incierta!

La Portera

¡Cuatro Caminos! ¡Hay que ver, más de una legua y no le queda tarde!

Claudinita

¡Que se vaya! ¡Que no vuelva!

Madama Collet

Si no puede esperar... Sin duda...

La Portera

Le cuesta a usted el doble, total por tener el fiambre unas horas más en casa. ¡Deje usted que se lo lleven, Madama Collet!

Madama Collet

¡Y si no estuviese muerto!

La Portera

¿Que no está muerto? Ustedes sin salir de este aire no perciben la corrupción que tiene.

Basilio Soulinake

¿Podría usted decirme, señora portera, si tiene usted hecho estudios universitarios acerca de medicina? Si usted los tiene, yo me callo y no hablo más. Pero si usted no los tiene, me permitirá de no darle beligerancia, cuando yo soy a decir que no está muerto, sino cataléptico.

LA PORTERA

¡Que no está muerto! ¡Muerto y corrupto!

BASILIO SOULINAKE

Usted, sin estudios universitarios, no puede tener conmigo controversia. La democracia no excluye las categorías técnicas, ya usted lo sabe, señora portera.

LA PORTERA

¡Un rato largo! ¿Con que no está muerto? ¡Habría usted de estar como él! Madama Collet, ¿tiene usted un espejo? Se lo aplicamos a la boca y verán ustedes cómo no lo alienta.

BASILIO SOULINAKE

¡Esa es una comprobación anticientífica! Como dicen siempre ustedes todos los españoles: Un me alegro mucho de verte bueno. ¿No es así como dicen?

LA PORTERA

Usted ha venido aquí a dar un mitin y a soliviantar con alicantinas a estas pobres mujeres, que harto tienen con sus penas y sus deudas.

BASILIO SOULINAKE

Puede usted seguir hablando, señora portera. Ya ve usted que yo no la interrumpo.

Aparece en el marco de la puerta el cochero de la carroza fúnebre: Narices de borracho, chisterón viejo con escarapela, casaca de un luto raído, peluca de estopa y canillejas negras.

El Cochero

¡Que son las cuatro y tengo otro parroquiano en la calle de Carlos Rubio!

Basilio Soulinake

Madama Collet, yo me hago responsable, porque he visto y estudiado casos de catalepsia en los hospitales de Alemania. ¡Su esposo de usted, mi amigo y compañero Max Estrella, no está muerto!

La Portera

¿Quiere usted no armar escándalo, caballero? Madama Collet, ¿dónde tiene usted un espejo?

Basilio Soulinake

¡Es una prueba anticientífica!

El Cochero

Póngale usted un mixto encendido en el dedo pulgar de la mano. Si se consume hasta el final, está tan fiambre como mi abuelo. ¡Y perdonen ustedes si he faltado!

El Cochero *fúnebre arrima la fusta a la pared y rasca una cerilla. Acucándose ante el ataúd, desenlaza las manos del muerto y vuelve una por la palma amarillenta. En la yema del pulgar le pone la cerilla luciente, que sigue ardiendo y agonizando.* Claudinita, *con un grito estridente, tuerce los ojos y comienza a batir la cabeza contra el suelo.*

Claudinita

¡Mi padre! ¡Mi padre! ¡Mi padre querido!

ESCENA DECIMACUARTA

Un patio en el cementerio del Este. La tarde fría. El viento adusto. La luz de la tarde sobre los muros de lápidas tiene una aridez agresiva. DOS SEPULTUREROS *apisonan la tierra de una fosa. Un momento suspenden la tarea: Sacan lumbre del yesquero y las colillas de tras la oreja. Fuman sentados al pie del hoyo.*

UN SEPULTURERO

Ese sujeto era un hombre de pluma.

OTRO SEPULTURERO

¡Pobre entierro ha tenido!

UN SEPULTURERO

Los papeles lo ponen por hombre de mérito.

OTRO SEPULTURERO

En España el mérito no se premia. Se premia el robar y el ser sinvergüenza. En España se premia todo lo malo.

UN SEPULTURERO

¡No hay que poner las cosas tan negras!

OTRO SEPULTURERO

¡Ahí tienes al Pollo del Arete!

UN SEPULTURERO

¿Y ese qué ha sacado?

OTRO SEPULTURERO

Pasarlo como un rey siendo un malasangre. Míralo, disfrutando a la viuda de un concejal.

UN SEPULTURERO

Di un ladrón del Ayuntamiento.

OTRO SEPULTURERO

Ponlo por dicho. ¿Te parece que una mujer de posición se chifle así por un tal sujeto?

UN SEPULTURERO

Cegueras. Es propio del sexo.

OTRO SEPULTURERO

¡Ahí tienes el mérito que triunfa! ¡Y para todo la misma ley!

UN SEPULTURERO

¿Tú conoces a la sujeta? ¿Es buena mujer?

OTRO SEPULTURERO

Una mujer en carnes. ¡Al andar, unas nalgas que le tiemblan! ¡Buena!

Un Sepulturero

¡Releche con la suerte de ese gatera!

Por una calle de lápidas y cruces, vienen paseando y dialogando dos sombras rezagadas, dos amigos en el cortejo fúnebre de Máximo Estrella. *Hablan en voz baja y caminan lentos, parecen almas imbuidas del respeto religioso de la muerte. El uno, viejo caballero con la barba toda de nieve y capa española sobre los hombros, es el céltico* Marqués de Bradomín. *El otro es el índico y profundo* Rubén Darío.

Rubén

¡Es pavorosamente significativo, que al cabo de tantos años nos hayamos encontrado en un cementerio!

El Marqués

En el Campo Santo. Bajo ese nombre adquiere una significación distinta nuestro encuentro, querido Rubén.

Rubén

Es verdad. Ni cementerio, ni necrópolis. Son nombres de una frialdad triste y horrible, como estudiar Gramática. ¿Marqués, qué emoción tiene para usted necrópolis?

El Marqués

La de una pedantería académica.

Rubén

Necrópolis para mí es como el fin de todo, dice lo irreparable y lo horrible, el perecer sin esperanza en el cuarto de un Hotel. ¿Y Campo Santo? Campo Santo tiene una lámpara.

EL MARQUÉS

Tiene una cúpula dorada. ¡Bajo ella resuena religiosamente el terrible clarín extraordinario, querido Rubén!

RUBÉN

Marqués, la muerte muchas veces sería amable si no existiese el terror de lo incierto. ¡Yo hubiera sido feliz hace tres mil años en Atenas!

EL MARQUÉS

Yo no cambio mi bautismo de cristiano por la sonrisa de un cínico griego. Yo espero ser eterno por mis pecados.

RUBÉN

¡Admirable!

EL MARQUÉS

En Grecia quizá fuese la vida más serena que la vida nuestra...

RUBÉN

¡Solamente aquellos hombres han sabido divinizarla!

EL MARQUÉS

Nosotros divinizamos la muerte. No es más que un instante la vida, la única verdad es la muerte... Y de las muertes, yo prefiero la muerte cristiana.

RUBÉN

¡Admirable filosofía de hidalgo español! ¡Admirable! ¡Marqués, no hablemos más de Ella!

Callan y caminan en silencio. Los Sepultureros, *acaba-
da de apisonar la tierra, uno tras otro beben a chorro de un
mismo botijo. Sobre el muro de lápidas blancas, las dos figuras acentúan su contorno negro.* Rubén Darío y El Marqués de Bradomín *se detienen ante la mancha oscura de
la tierra removida.*

RUBÉN

¿Marqués, cómo ha llegado usted a ser amigo de Máximo
Estrella?

El Marqués

Max era hijo de un capitán carlista que murió a mi lado en
la guerra. ¿Él contaba otra cosa?

RUBÉN

Contaba que ustedes se habían batido juntos en una revolución, allá en México.

El Marqués

¡Qué fantasía! Max nació treinta años después de mi viaje
a México. ¿Sabe usted la edad que yo tengo? Me falta muy
poco para llevar un siglo a cuestas. Pronto acabaré, querido
poeta.

RUBÉN

¡Usted es eterno, Marqués!

El Marqués

¡Eso me temo, pero paciencia!

Las sombras negras de LOS SEPULTUREROS —*al hombro
las azadas lucientes*— *se acercan por la calle de tumbas. Se
acercan.*

EL MARQUÉS

¿Serán filósofos, como los de Ofelia?

RUBÉN

¿Ha conocido usted alguna Ofelia, Marqués?

EL MARQUÉS

En la edad del pavo todas las niñas son Ofelias. Era muy
pava aquella criatura, querido Rubén. ¡Y el Príncipe, como
todos los príncipes, un babieca!

RUBÉN

¿No ama usted al divino William?

EL MARQUÉS

En el tiempo de mis veleidades literarias, lo elegí por maestro. ¡Es admirable! Con un filósofo tímido y una niña boba en
fuerza de inocencia ha realizado el prodigio de crear la más
bella tragedia. Querido Rubén, Hamlet y Ofelia, en nuestra
dramática española, serían dos tipos regocijados. ¡Un tímido
y una niña boba, lo que hubieran hecho los gloriosos hermanos Quintero!

RUBÉN

Todos tenemos algo de Hamletos.

EL MARQUÉS

Usted, que aún galantea. Yo, con mi carga de años, estoy
más próximo a ser la calavera de Yorik.

UN SEPULTURERO

Caballeros, si ustedes buscan la salida, vengan con nosotros. Se va a cerrar.

EL MARQUÉS

¿Rubén, qué le parece a usted quedarnos dentro?

RUBÉN

¡Horrible!

EL MARQUÉS

Pues entonces sigamos a estos dos.

RUBÉN

¿Marqués, quiere usted que mañana volvamos para poner una cruz sobre la sepultura de nuestro amigo?

EL MARQUÉS

¡Mañana! Mañana habremos los dos olvidado ese cristiano propósito.

RUBÉN

¡Acaso!

En silencio y retardándose, siguen por el camino de LOS SEPULTUREROS *que, al revolver los ángulos de las calles de tumbas, se detienen a esperarlos.*

EL MARQUÉS

Los años no me permiten caminar más de prisa.

Un Sepulturero

No se excuse usted, caballero.

El Marqués

Pocos me faltan para el siglo.

Otro Sepulturero

¡Ya habrá usted visto entierros!

El Marqués

Si no sois muy antiguos en el oficio, probablemente más que vosotros. ¿Y se muere mucha gente esta temporada?

Un Sepulturero

No falta faena. Niños y viejos.

Otro Sepulturero

La caída de la hoja siempre trae lo suyo.

El Marqués

¿A vosotros os pagan por entierro?

Un Sepulturero

Nos pagan un jornal de tres pesetas, caiga lo que caiga. Hoy, a como está la vida, ni para mal comer. Alguna otra cosa se saca. Total, miseria.

Otro Sepulturero

En todo va la suerte. Eso lo primero.

UN SEPULTURERO

Hay familias que al perder un miembro, por cuidarle de la sepultura, pagan uno o dos o medio. Hay quien ofrece y no paga. Las más de las familias pagan los primeros meses. Y lo que es el año, de ciento, una. ¡Dura poco la pena!

EL MARQUÉS

¿No habéis conocido ninguna viuda inconsolable?

UN SEPULTURERO

¡Ninguna! Pero pudiera haberla.

EL MARQUÉS

¿Ni siquiera habéis oído hablar de Artemisa y Mausoleo?

UN SEPULTURERO

Por mi parte, ni la menor cosa.

OTRO SEPULTURERO

Vienen a ser tantas las parentelas que concurren a estos lugares, que no es fácil conocerlas a todas.

Caminan muy despacio. RUBÉN, *meditabundo, escribe alguna palabra en el sobre de una carta. Llegan a la puerta, rechina la verja negra.* EL MARQUÉS, *benevolente, saca de la capa su mano de marfil y reparte entre los enterradores algún dinero.*

EL MARQUÉS

No sabéis mitología, pero sois dos filósofos estoicos. Que sigáis viendo muchos entierros.

UN SEPULTURERO

Lo que usted ordene. ¡Muy agradecido!

OTRO SEPULTURERO

Igualmente. Para servir a usted, caballero.

Quitándose las gorras, saludan y se alejan. EL MARQUÉS
DE BRADOMÍN, *con una sonrisa, se arrebuja en la capa.*
RUBÉN DARÍO *conserva siempre en la mano el sobre de la
carta donde ha escrito escasos renglones. Y dejando el socai-
re de unas bardas, se acerca a la puerta del cementerio el
coche del viejo* MARQUÉS.

EL MARQUÉS

¿Son versos, Rubén? ¿Quiere usted leérmelos?

RUBÉN

Cuando los haya depurado. Todavía son un monstruo.

EL MARQUÉS

Querido Rubén, los versos debieran publicarse con todo su
proceso, desde lo que usted llama monstruo hasta la manera
definitiva. Tendrían entonces un valor como las pruebas de
aguafuerte. ¿Pero usted no quiere leérmelos?

RUBÉN

Mañana, Marqués.

EL MARQUÉS

Ante mis años, y a la puerta de un cementerio, no se debe
pronunciar la palabra mañana. En fin, montemos en el coche,

que aún hemos de visitar a un bandolero. Quiero que usted me ayude a venderle a un editor el manuscrito de mis Memorias. Necesito dinero. Estoy completamente arruinado, desde que tuve la mala idea de recogerme a mi Pazo de Bradomín. ¡No me han arruinado las mujeres, con haberlas amado tanto, y me arruina la agricultura!

RUBÉN

¡Admirable!

EL MARQUÉS

Mis Memorias se publicarán después de mi muerte. Voy a venderlas como si vendiese el esqueleto. Ayudémonos.

ESCENA ÚLTIMA

La Taberna de PICA LAGARTOS.—*Lobreguez con un temblor de acetileno.*—DON LATINO DE HISPALIS, *ante el mostrador, insiste y tartajea convidando al* POLLO DEL PAY-PAY. *Entre traspiés y traspiés, da la pelma.*

DON LATINO

¡Beba usted, amigo! ¡Usted no sabe la pena que rebosa mi corazón! ¡Beba usted! ¡Yo bebo sin dejar cortinas!

EL POLLO

Porque usted no es castizo.

DON LATINO

¡Hoy hemos enterrado al primer poeta de España! ¡Cuatro amigos en el cementerio! ¡Acabóse! ¡Ni una cabrona representación de la Docta Casa! ¿Qué te parece, Venancio?

PICA LAGARTOS

Lo que usted guste, Don Latí.

DON LATINO

¡El Genio brilla con luz propia! ¿Que no, Pollo?

EL POLLO

Que sí, Don Latino.

DON LATINO

¡Yo he tomado sobre mis hombros publicar sus escritos!
¡La honrosa tarea! ¡Soy su fideicomisario! Nos lega una
novela social que está a la altura de *Los Miserables*. ¡Soy
su fideicomisario! Y el producto íntegro de todas las obras,
para la familia. ¡Y no me importa arruinarme publicándo-
las! ¡Son deberes de la amistad! ¡Semejante al nocturno
peregrino, mi esperanza inmortal no mira al suelo! ¡Señores, ni una representación de la Docta Casa! ¡Eso sí, los
cuatro amigos, cuatro personalidades! El Ministro de la
Gobernación, Bradomín, Rubén y este ciudadano. ¿Que no,
Pollo?

EL POLLO

Por mí, ya puede usted contar que estuvo la Infanta.

PICA LAGARTOS

Me parece mucho decir que se halló la política representa-
da en el entierro de Don Max. Y si usted lo divulga, hasta
podrá tener para usted malas resultas.

Don Latino

¡Yo no miento! ¡Estuvo en el cementerio el Ministro de la Gobernación! ¡Nos hemos saludado!

El Chico de la Taberna

¡Sería *Fantomas*!

Don Latino

Calla tú, mamarracho. ¡Don Antonio Maura estuvo a dar el pésame en la casa del *Gallo!*

El Pollo

José Gómez, *Gallito,* era un astro y murió en la plaza, toreando muy requetebién, porque ha sido el rey de la tauromaquia.

Pica Lagartos

¿Y *Terremoto,* u séase Juan Belmonte?

El Pollo

¡Un intelectual!

Don Latino

Niño, otra ronda. ¡Hoy es el día más triste de mi vida! ¡Perdí un amigo fraternal y un maestro! Por eso bebo, Venancio.

Pica Lagartos

¡Que ya sube una barbaridad la cuenta, Don Latí! Tantéese usted, a ver el dinero que tiene. ¡No sea caso!

DON LATINO

Tengo dinero para comprarte a ti, con tu tabernáculo.

Saca de las profundidades del carrik un manojo de billetes y lo arroja sobre el mostrador, bajo la mirada torcida del chulo y el gesto atónito de Venancio. EL CHICO DE LA TABERNA *se agacha por alcanzar entre las zancas barrosas del curda un billete revolante. La niña* PISA BIEN, *amurriada en un rincón de la tasca, se retira el pañuelo de la frente, y espabilándose fisga hacia el mostrador.*

EL CHICO DE LA TABERNA

¿Ha heredado usted, Don Latí?

DON LATINO

Me debían unas pocas pesetas, y me las han pagado.

PICA LAGARTOS

No son unas pocas.

LA PISA BIEN

¡Diez mil del ala!

DON LATINO

¿Te deben algo?

LA PISA BIEN

¡Naturaca! Usted ha cobrado un décimo que yo he vendido.

Don Latino

No es verdad.

La Pisa Bien

El 5775.

El Chico de la Taberna

¡Ese mismo número llevaba Don Max!

La Pisa Bien

A fin de cuentas no lo quiso, y se lo llevó Don Latí. Y el tío roña aún no ha sido para darme la propi.

Don Latino

¡Se me había olvidado!

La Pisa Bien

Mala memoria que usted se gasta.

Don Latino

Te la daré.

La Pisa Bien

Usted verá lo que hace.

Don Latino

Confía en mi generosidad ilimitada.

El Chico de la Taberna *se desliza tras el patrón, y a hurto, con una seña disimulada, le tira del mandil.* Pica

LAGARTOS *echa la llave al cajón y se junta con el chaval en la oscuridad donde están amontonadas las corambres. Hablan expresivos y secretos, pero atentos al mostrador con el ojo y la oreja.* LA PISA BIEN *le guiña a* DON LATINO.

LA PISA BIEN

¡Don Latí, me dotará usted con esas diez mil del ala!

DON LATINO

Te pondré piso.

LA PISA BIEN

¡Olé los hombres!

DON LATINO

Crispín, hijo mío, una copa de anisete a esta madama.

EL CHICO DE LA TABERNA

¡Va, Don Latí!

DON LATINO

¿Te estás confesando?

LA PISA BIEN

¡Don Latí, está usted la mar de simpático! ¡Es usted un flamenco! ¡Amos, deje de pellizcarme!

EL POLLO

Don Latino, pupila, que le hacen guiños a esos capitales.

La Pisa Bien

¡Si llevábamos el décimo por mitad! Don Latí una cincuenta, y esta servidora de ustedes, seis reales.

Don Latino

¡Es un atraco, Enriqueta!

La Pisa Bien

¡Deje usted las espantás para el calvorota! ¡Vuelta a pellizcarme! ¡Parece usted un chivo loco!

El Pollo

No le conviene a usted esa gachí.

La Pisa Bien

En una semana lo enterraba.

Don Latino

Ya se vería.

El Pollo

A usted le conviene una mujer con los calores extinguidos.

La Pisa Bien

A usted le conviene mi mamá. Pero mi mamá es una viuda decente y para sacar algo hay que llevarla a la calle de la Pasa.

Don Latino

Yo soy un apóstol del amor libre.

LA PISA BIEN

Usted se ajunta con mi mamá y conmigo, para ser el caballero formal que se anuncia en *La Corres*. Precisamente se cansó de dar la pelma un huésped que teníamos y dejó una alcoba, para usted la propia. ¿Adónde va usted, Don Latí?

DON LATINO

A cambiar el agua de las aceitunas. Vuelvo. No te apures, rica. Espérame.

LA PISA BIEN

Don Latí, soy una mujer celosa. Yo le acompaño.

PICA LAGARTOS *deja los secretos con el chaval y en dos trancos cruza el vano de la tasca: Por el cuello del carrick detiene al curda en el umbral de la puerta.* DON LATINO *guiña el ojo, tuerce la jeta y desmaya los brazos haciendo el pelele.*

DON LATINO

¡No seas vándalo!

PICA LAGARTOS

Tenemos que hablar. Aquí el difunto ha dejado una pella que pasa de tres mil reales —ya se verán las cuentas— y considero que debe usted abonarla.

DON LATINO

¿Por qué razón?

PICA LAGARTOS

Porque es usted un vivales, y no hablemos más.

El Pollo del Pay-Pay *se acerca ondulante. A intento, deja ver que está empalmado, tose y se rasca ladeando la gorra.* Enriqueta *tercia el mantón y ocultamente abre una navajilla.*

El Pollo

Aquí todos estamos con la pupila dilatada y tenemos opción a darle un vistazo a ese kilo de billetaje.

La Pisa Bien

Don Latí se va a la calle de ganchete con mangue.

El Pollo

¡Fantasía!

Pica Lagartos

Tú, pelmazo, guarda la herramienta y no busques camorra.

El Pollo

¡Don Latí, usted ha dado un golpe en el Banco!

Don Latino

Naturalmente.

La Pisa Bien

¡Que te frían un huevo, Nicanor! A Don Latí le ha caído la lotería en un décimo del 5775. ¡Yo se lo he vendido!

Pica Lagartos

El muchacho y un servidor lo hemos presenciado. ¿Es verdad, muchacho?

El Chico de la Taberna

¡Así es!

El Pollo

¡Miau!

PACONA, *una vieja que hace celestinazgo y vende periódicos, entra en la taberna con su hatillo de papel impreso y deja sobre el mostrador un número de* El Heraldo. *Sale como entró, fisgona y callada. Solamente en la puerta, mirando a las estrellas, vuelve a gritar su pregón.*

La Periodista

¡Heraldo de Madrid! ¡Corres! ¡Heraldo! ¡Muerte misteriosa de dos señoras en la calle de Bastardillos! *¡Corres! ¡Heraldo!*

DON LATINO *rompe el grupo y se acerca al mostrador, huraño y enigmático. En el círculo luminoso de la lámpara, con el periódico abierto a dos manos, tartamudea la lectura de los títulos con que adereza el reportero el suceso de la calle de Bastardillos. Y le miran los otros con extrañeza burlona, como a un viejo chiflado.*

Lectura de Don Latino

El tufo de un brasero. Dos señoras asfixiadas. Lo que dice una vecina. Doña Vicenta no sabe nada. ¿Crimen o suicidio? ¡Misterio!

El Chico de la Taberna

Mire usted si el papel trae los nombres de las gachís, Don Latí.

Don Latino

Voy a verlo.

El Pollo

¡No se cargue usted la cabezota, tío lila!

La Pisa Bien

Don Latí, vámonos.

El Chico de la Taberna

¡Aventuro que esas dos sujetas son la esposa y la hija de Don Máximo!

Don Latino

¡Absurdo! ¿Por qué habían de matarse?

Pica Lagartos

¡Pasaban muchas fatigas!

Don Latino

Estaban acostumbradas. Solamente tendría una explicación. ¡El dolor por la pérdida de aquel astro!

Pica Lagartos

Ahora usted hubiera podido socorrerlas.

Don Latino

¡Naturalmente! ¡Y con el corazón que yo tengo, Venancio!

PICA LAGARTOS

¡El mundo es una controversia!

DON LATINO

¡Un esperpento!

EL BORRACHO

¡Cráneo *previlegiado!*

GLOSARIO

aburrir: utilizado por «estar desesperado, harto de la vida». Es valor conocido en la literatura, e incluso en el habla popular.

Acción Ciudadana: asociación derechista que colaboró con el gobierno en el mantenimiento del orden.

albando: de un hipotético *albar,* «hervir».

alicantina: «trampa, astucia, enredo».

«amarillos»: del partido Liberal, en oposición al rojo, de los socialistas.

apoquinar: «pagar inmediatamente y quizá de mala gana lo que se debe».

apré, estar: «estar sin dinero, haberse quedado sin blanca».

Armida: en *La Jerusalén libertada,* de Torcuato Tasso, Armida seduce con sus artes a gran número de caballeros.

Artemisa y **Mausoleo:** Artemisa, reina de Halicarnaso que a la muerte de su marido, Mausolo, hizo levantar un gran monumento funerario.

astrónomo: palabra ponderativa del habla popular de esos años. Equivalía a «gente soñadora, lista o que maneja grandes cantidades».

Basallo (Sargento): Francisco Basallo Becerra, héroe del cautiverio que siguió al desastre de Annual (1921) y cuya fama fue muy divulgada por los periódicos de entonces.

beatas: «pesetas».

bebecua: «bebida».

Belmonte, Juan: famoso torero (1892-1962).

Benito el Garbancero: sobrenombre con el que los jóvenes noventayochistas se referían a Benito Pérez Galdós.

Benlliure: Mariano Belliure (1862-1947), famoso escultor contemporáneo, denigrado en la época por los intelectuales jóvenes; **Benlliure, un santi boni barati!:** la frase reproduce el pregón de unos artistas, en un principio italianos, que vendían figuritas de escayola o material análogo, generalmente detestables.

Blavatsky: Helena Petrovna Blavatsky (1831-1891), traducida y divulgada en España por Mario Roso de Luna en la *Biblioteca de las maravillas*. Sus escritos entroncan con la teoría teosófica y el ocultismo.

briago: «borracho». Mexicanismo.

Buey Apis: mote del director del periódico en el que trabajaba Max Estrella. Aparte de la resonancia clásica, que evoca destrucción o desmitificación, el mote recuerda el de un personaje de la novela del padre Coloma, *Pequeñeces*. Probablemente encubre una broma de tertulia de la época e implique la censura hacia determinadas personas o situaciones; la **carta del Buey Apis** es la que comunica a Max/Sawa el cese de sus colaboraciones.

cabalatrina: cábala, sentido oculto en una combinación de palabras con fines mágicos.

cabrito viudo: frase muy frecuente en el habla desgarrada madrileña: «no me espera nadie, hago lo que me da la gana».

cachondear: con el valor de «despertar el apetito sexual» no figura en el *Diccionario* académico. Sin embargo ese era el único significado que tenía por esos años.

cambiar el agua de las aceitunas: «orinar».

camelar: además del valor usual de «galantear, seducir, enamorar», puede significar también «sonsacar»; **camelar las beatas:** «conseguir las pesetas»; **camelo:** «cuento, embuste».

Camo, Manuel: olvidado político oscense, gran muñidor electoral, que fue recordado en la prosa noventayochista como símbolo del caciquismo y del fraude electoral.

cañí: «gitano».

cañota: «pierna, canilla de la pierna».

carrik: «prenda de abrigo, especie de gabán que tenía varias esclavinas».

Castelar: Emilio Castelar (1832-1899), político, orador y escritor.

cate: «golpe, bofetón, etc.». Gitanismo.

Cavestany: Juan Antonio de Cavestany (1861-1924), poeta y autor dramático muy censurado por los jóvenes literatos de la época.

Cavia, Mariano de: famoso

periodista (1855-1920), del que era conocida su afición a la bebida.

cerdo triste: expresión con la que se designaba a veces a Rubén Darío en el ambiente de escritores bohemios.

chanelar: «entender». Gitanismo.

chica: «botella pequeña», generalmente de vino o cerveza.

Claudinita: hija de Max Estrella. En realidad, Elena, la hija de Sawa.

Coger de pipi o **pipiolo:** «tratar a uno como principiante o novato; caer en una ingenuidad o inexperiencia».

colgar la capa: «empeñarla».

Collet, Madama: esposa de Max Estrella, en la realidad la francesa Jeanne Poirier, mujer de Alejandro Sawa. En la obra hay alusiones al español afrancesado que hablaba. Por su paciencia la llamaban «Santa Juana».

Cruz Colorada: alusión a la Cruz Roja, institución que constituyó el máximo interés de la reina Victoria Eugenia, esposa de Alfonso XIII.

cuatro perras de carbón: en aquel tiempo eran muy frecuentes las muertes por envenenamiento con el tufo de un brasero mal encendido.

curda: la palabra, usual, revela cumplidamente el ambiente de bohemia, dejadez, ausencia de normas, etc., en que se desenvuelven los personajes del esperpento.

dar morcilla: expresión muy frecuente en el habla coloquial, sacada de la morcilla que se daba a los perros para matarlos.

dar mulé: «matar». Gitanismo.

dar un mitin: expresión abundantísima en el habla popular para expresar «armar jaleo, bronca, hablar inoportunamente y sin sentido».

de ganchete: «del brazo, cogidos del brazo».

dejar cortinas: «dejar en el vaso posos o residuos del vino que se bebe».

despeinar: «golpear, pegar, atizar una paliza», es acepción que viene del lenguaje entremesístico del Siglo de Oro.

Díaz de Escobar, Narciso: periodista y escritor malagueño muy famoso e influyente en política (1860-1935).

Docta Casa: forma usual periodística de aludir al Ateneo.

doctrinarios: «fanáticos, enemigos del orden».

Don Jaime: alusión al infante don Jaime de Borbón Parma, el Jaime III de los tradicionalistas.

Dorio de Gadex: ver **Jóvenes poetas modernistas.**

empalmado: «que lleva la navaja escondida en la mano y la manga para sacarla con rapidez y agredir».

Enano de la venta: personaje folclórico. Se dice de los que prefieren frecuentemente bravatas o jactancias.

espantás: recuerdo de las famosas huidas de Rafael *el Gallo* ante el toro.

Espartero: Manuel García Cuesta, *Espartero* (1865-1894), torero sevillano que murió en la plaza de toros de Madrid; **Coplas del Espartero:** popular tango que recuerda la muerte del famoso torero.

Estigia: la laguna que, según la mitología griega, cruzaban las almas, camino del infierno, en la barca de Caronte.

extravagar: «confundir, asombrar, hacer perder la cabeza». Galicismo.

Fantomas: personaje de una de las más célebres novelas folletinescas de Francia, obra de Pierre Souvestre. Es una especie de héroe del delito, que aparece y desaparece, con prestigio de fantasma.

fiambre: «cadáver».

¡Filfa!: «bah, ¡mentira!».

Filiberto: puede estar basado

en Mario Roso de Luna, personaje adicto al ocultismo, traductor y escritor fecundo de obras teosóficas.

fondo de los Reptiles: partida económica reservada, a disposición sólo de algunos ministerios, especialmente el de la Gobernación, utilizada sobre todo para granjearse voluntades o favores.

fripón: «tunantuelo, persona aficionada a situaciones maliciosas».

fuego de virutas: referencia paródica a una frase de Maura, con la que pretendía quitar importancia a graves problemas.

gachó: «hombre». Gitanismo; *gachí:* «mujer».

Gálvez, Pedro Luis: ver **Jóvenes poetas modernistas.**

García Prieto: Manuel García Prieto (1859-1938), político del partido Liberal. Alfonso XIII le encargó formar gobierno a pesar de haber ganado las elecciones generales los componentes socialistas del comité de la huelga general de 1917: Besteiro, Largo Caballero, Prieto, etc.

gatera: en esta voz, muy del habla coloquial madrileña, se enlazaban confusamente los valores de «pillo, aprovechado, tunantuelo» con el primitivo de «ladrón, ratero».

gorigori: expresión coloquial con la que se alude al canto fúnebre y triste de los entierros.

Gran Fariseo: alusión contra Antonio Maura.

gris: «aire o viento frío, cortante».

gritos internacionales: «gritos subversivos». Hace referencia a la Internacional Socialista.

guasíbilis: uso del sufijo -ilis, de gran riqueza expresiva.

guerra: se refiere a la guerra del Rif. La conmoción de julio de 1909 en Barcelona (la «semana trágica») comenzó porque los movilizados se negaron a ir a la guerra.

guindilla: «guardia municipal». Eran llamados así por el color rojo vivo del uniforme.

guipar: voz jergal que equivale a «ver, mirar».

hacer la jarra: «hacer ostentación de algo, presumir», o bien «regalar, convidar». Aquí con este último valor.

hacerse cruces en la boca: «no comer, no haber comido». La frase se solía acentuar haciendo la señal de la cruz sobre la boca al bostezar.

Helena: la *Helena* de los versos del Ministro alude a Esperanza, la hermana de Sawa. Aquí Valle juega con el trueque de los nombres de los persona-

jes reales y de los ficticios, ya que *Elena* era, en la vida real, la hija de Sawa.

Hugo, Víctor: el famoso poeta y novelista francés (1802-1885), al que Alejandro Sawa conoció personalmente.

iluminado: «borracho».

Infanta: Isabel de Borbón, *la Chata.*

institucionista: relativo a la Institución Libre de Enseñanza. Aquí con sentido peyorativo se refiere a la moral puritana que propugnaba la Institución.

Jefe de Obra: galicismo con el que Valle ridiculiza la manía lingüística de los modernistas.

José Gómez, *el Gallo:* el torero Joselito *el Gallo* (1895-1920) murió en la plaza de Talavera en 1920, año en que aparece publicada *Luces de Bohemia.* Era hermano de Rafael *el Gallo.*

Jóvenes poetas modernistas: Valle-Inclán los agrupa bajo la denominación de «Epígonos del Parnaso Modernista». Destacan **Dorio de Gadex** (seudónimo de Antonio Rey Moliné) y **Pedro Luis de Gálvez,** acaparador de la descarada picaresca y la audacia más insospechada. Ambos figuraron ampliamente en la vida literaria.

Karma: según los diccionarios esotéricos equivale a «causalidad, ley de retribución, de causa y efecto, acción y reacción o de causación ética». Corre por todos estos años una difusa ambientación teosófica, coincidente con la traducción de las obras de Elena Blavatsky y de Allan Kardec.

La Corres: abreviatura popular del periódico *La Correspondencia de España.*

¡Lagarto!, ¡lagarto!: interjección popular para ahuyentar la mala suerte.

Latino de Hispalis: para su identificación se ha pensado en muchas personas, con ingenua terquedad detectivesca. Pero en don Latino puede verse al propio Alejandro Sawa, un desdoblamiento de su personalidad. Es lo que Sawa habría hecho en el envés de su cara doble y avasalladora. El otro Sawa. El que, lejos de la sabiduría verlainiana, engaña a quien puede y vive del sablazo ocasional.

lila: «tonto». Gitanismo.

llevar mancuerda: «recibir una paliza», cualquier tipo de tortura.

macferlán: «prenda de abrigo, gabán masculino».

¡Mal Polonia recibe a un extranjero!: cita calderoniana *(La vida es sueño,* I, 1) que refleja la honda literatización del personaje.

mala sombra: «persona que pretende hacer gracia sin conseguirlo».

mangue: «yo». Gitanismo.

marmota: «persona dormida o que duerme mucho», por alusión al sueño invernal del animal.

Marqués de Bradomín: el personaje de las *Sonatas* se presenta aquí manifiestamente identificable con su creador Valle-Inclán. Ocurre ello en la escena XIV, dentro del prolongado diálogo entre Bradomín y Rubén Darío.

Mateo (El Preso): recuerda a Mateo Morral, anarquista que en 1906 atentó contra el cortejo nupcial de Alfonso XIII.

Maura, Antonio: (1853-1925). Político conservador que fue presidente del Consejo de Ministros en los años en los que se desarrolla la obra.

Max Estrella: es la contrafigura de Alejandro Sawa, escritor muerto, ciego y loco, en 1909 en Madrid. Abundantes testimonios de sus contemporáneos nos revelan datos referentes a su aspecto personal, su imponente barba, porte de señorío, conversación arrolladora y deslumbrante, que no supo trasladar a sus páginas. La muerte en la miseria de este sevillano grandilocuente, hiperbólico, envenenado de literatura y de bohemia, debió de conmover a los jóvenes literatos que luchaban denodadamente por la fama literaria.

¡miau!: «no», negación frecuentísima.

Ministro de la Gobernación (El Ministro): se trata de Julio Burell, periodista e intelectual que sacrificó su vocación por la política. Fue ministro en 1917.

morapio: «vino tinto».

naturaca: «naturalmente», en el habla popular madrileña.

¡Padre y Maestro Mágico!: comienzo del poema de Rubén Darío «Responso a Verlaine»: «Padre y maestro mágico, liróforo celeste...»

pájara: «astuta, pícara».

pan de higos: «partes sexuales de la mujer».

panoli: «tonto, infeliz, incauto».

pápiro: «billete de banco». Probable gitanismo.

parné: «dinero». Gitanismo.

Pastora Imperio: famosa bailarina gitana de la época, que fascinaba por su gracia y su arte.

Peregrino Gay: simulación del escritor Ciro Bayo (1859-1939), de personalidad atrayente y contradictoria, en cuyo sobrenombre quedan resonancias de las peregrinaciones por

tierras y pueblos de un lado y otro del Atlántico.

pescarla: «emborracharse».

pindonga: «mujer de malas costumbres, callejera».

pingona: adjetivo sobre *pingo,* «mujer de mala vida».

pirante: «juerguista, bribón». Gitanismo.

política: «Buenas maneras, rodeos, circunloquios, fórmulas».

ponerse a gatas: usada con el sentido de «salir a gatas». Librarse de algo con dificultades, con apuros o peligros.

pupila: «cuidado, vista, atención». Es voz muy expresiva del habla popular.

¡que te f\u00edan un huevo!: expresión despectiva reprobatoria: «Cállate, vete a paseo, a hacer gárgaras», etc.

quince: «vaso de vino que valía quince céntimos».

Quintero, hermanos: Serafín (1871-1938) y Joaquín (1873-1944) Álvarez Quintero, autores dramáticos cuyas obras se inspiran en Andalucía y sus costumbres. De fama extraordinaria, se les aplicaba con frecuencia el adjetivo de *gloriosos.*

Rafael *el Gallo:* Rafael Gómez Ortega, *el Gallo,* torero famosísimo, hermano de *Joselito.* Conocido por sus *espantás* o huidas del ruedo en ataques de

miedo ante el toro, y por su cal-
vicie, por lo que también le llamaban el *Calvo* o *Calvorotas*.

Real Orden: procedimiento
normativo expeditivo para dic-
tar leyes que evitaba el trámite
parlamentario. La opinión pública fue siempre adversa a tales
órdenes, de las que abusaba el
gobierno de Maura.

recibir la visita del nuncio:
«tener la menstruación».

recuelo: un café más barato
que el ordinario, que se hacía
volviendo a someter a la coc-
ción o a la infusión los posos de
anteriores infusiones.

rezumar el ingenio: era frase popular madrileña para indi-
car que el cuello o las solapas
del traje iban cubiertos de caspa.

Romanones, conde de: famoso político del partido Liberal, de enorme fortuna personal
y atacado por su tacañería.

roñas: tacaños, adjetivo deri-
vado de *roña,* «tacañería, roño-
sería».

Rubén Darío: Valle-Inclán
introduce en este esperpento al
poeta-guía del Modernismo. Las
escenas IX y XIV le ven desfilar, caracterizado incluso en
su expresión. Recordemos el
«¡admirable!» de la escena IX,
signo muy expresivo del hablar
del Rubén real.

rufo: «chulo, valentón, ca-
morrista».

Rute, copa de: anís elabora-
do en el pueblo cordobés de ese
nombre.

Silvela: Francisco Silvela
(1845-1905), jefe del partido
Conservador hasta 1903.

soldados romanos: designación popular de un grupo de la
policía municipal creado por
Romanones.

soleche: «pelma, atontado,
impertinente, entrometido, molesto». Equivale, en general, a
persona que causa molestias.

sombrerera: «cabeza».

Soulinake, Basilio: detrás de
este personaje está Ernesto
Bark, ruso emigrado, autor de
diversas obrillas de difícil cata-
logación, entre ellas *La santa
bohemia.* Alejandro Sawa dejó
noticia suya, calificándolo de
«gran exagerado del pensamien-
to en acción». Es Bark-Soulina-
ke el que supone que no está
muerto Max Estrella y necesita
comprobaciones científicas.

tabernáculo: «taberna».

**tener un anuncio luminoso
en casa:** fue frase muy corrien-
te en el habla madrileña para dar
énfasis a una cualidad o cosa
cualquiera.

tintas: medida de vino distinta del chato que por extensión

funcionaba en la época como sinónimo de copas: «... tomar unas copas entre varios era echar una ronda o tomar unas tintas» (Baroja, *Las noches del Buen Retiro*).

tomar la coleta: «tomar el pelo, burlarse».

trenza en perico: trenza de pelo postizo, que adornaba la parte posterior de la cabeza.

troglodita: «reaccionario, cavernícola», en sentido político y social.

Unamuno, Miguel de: la contradictoria personalidad del escritor servía a Valle para provocar escándalo en el medio burgués y conformista.

Venancio me llamo: contrahechura de frases muy comunes en la zarzuela. Así en *La Gran Vía:* «Caballero de Gracia me llaman.»

Verlaine: Paul Verlaine, poeta francés del siglo XIX.

Alejandro Sawa fue uno de los principales introductores de Verlaine en España. La expresión *Papá Verlaine* debía ser usual entre los admiradores del poeta.

Villaespesa, Paco: Francisco Villaespesa (1877-1936), poeta de raigambre romántico-modernista, fundador de varias revistas.

vivales: «persona fresca, poco escrupulosa, vividora y desaprensiva». Muy frecuente en el habla madrileña, como *frescales, rubiales,* etc.

Zaratustra: bajo este personaje se esconde el librero Gregorio Pueyo, editor de los escritores modernistas de principios de siglo. En cuanto al mote *Zaratustra,* hay que ver en él una huella de la admiración sentida por la juventud noventayochista hacia Nietzsche.